Edmund Charles Wendt

Über die Harder'sche Drüse der Säugethiere

Antigonos

Edmund Charles Wendt

Über die Harder'sche Drüse der Säugethiere

Unveränderter Nachdruck der Originalausgabe von 1877.

1. Auflage 2024 | ISBN: 978-3-38634-081-6

Antigonos Verlag ist ein Imprint der Outlook Verlagsgesellschaft mbH.

Verlag: Outlook Verlag GmbH, Zeilweg 44, 60439 Frankfurt, Deutschland, info@outlook-verlag.de
Vertretungsberechtigt: E. Roepke, Zeilweg 44, 60439 Frankfurt, Deutschland
Druck: Libri Plureos GmbH, Friedensallee 273, 22763 Hamburg, Deutschland

UBER

DIE HARDER'SCHE DRUSE

DER SÄUGETHIERE

VON

Dr. EDMUND C. WENDT

AUS NEW-YORK.

Mit 2 lithographirten Tafeln.

STRASSBURG

DRUCK UND VERLAG VON R. SCHULTZ & COMP.

(BERGER-LEVRAULT'S Nachf.).

1877.

ÜBER

DIE HARDER'SCHE DRUSE

DER SAUGETHIERE.

Die nachstehende Untersuchung über die HARDER'sche Drüse wurde anfänglich unternommen lediglich um eine Lücke in der Literatur auszufüllen und das genannte Organ einer mikroskopischen Prüfung zu unterziehen, deren Resultat in kurzer Darstellung mitgetheilt werden sollte. Bei der Bearbeitung haben sich nun aber complicirtere Verhältnisse, als sich dies ahnen liess, herausgestellt, und bin ich demgemäss von dem ursprünglichen Plan abgewichen, insofern ich meine Arbeit auch auf die Untersuchung verwandter Gebilde ausgedehnt habe. Selbstverständlich geschah letzteres nur in untergeordneter Weise und so weit sich dasselbe eben mit der Verfolgung des eigentlichen Gegenstandes zweckmässig vereinbaren liess. Nur möchte ich ausdrücklich betonen, dass ich in keiner Weise beabsichtige, diese Mittheilungen als eine vollendete Untersuchung mit abgeschlossenen, endgiltigen Resultaten hinzustellen; vielmehr muss ich mich begnügen, einige Beobachtungen, wenige neue und interessante Thatsachen beizubringen. Meine Aufmerksamkeit wurde schon vor längerer Zeit durch Prof. FREY auf dieses Thema gelenkt, ohne dass ich jedoch damals meine Untersuchungen beginnen konnte; erst in Würzburg wurde ich in den Stand gesetzt, unterstützt durch die Güte des Herrn Geheimraths KŒLLIKER, dieselben definitiv anzufangen, und habe ich endlich hier unter der fürsorglichen Leitung meines verehrten Lehrers, Herrn Prof. WALDEYER, die Arbeit fortgesetzt und soweit es die Verhältnisse gestatteten, beendet. An dieser Stelle sei es mir erlaubt, den genannten Herren meinen besten Dank auszusprechen.

Da, meines Wissens, überhaupt noch keine umfassendere Darstellung des Baues der HARDER'schen Drüse existirt, so sei es mir erlaubt, etwas zurückzugreifen und an der Hand älterer Werke die Geschichte unseres Organs zu schildern.

Als Harder[1] im Jahre 1694 mit der Untersuchung des Speichels uud der Thränenflüssigkeit („salivae scrutinio, tunc etiam lachrymarum") beschäftigt, eine neue Drüse in der Augenhöhle, zunächst der Hirsche und Rehe entdeckte (in oculorum cervinorum anatome glandulam reperi insignem), durfte er sich wohl seiner Entdeckung, als nothwendiger Folge einer Reihe von gewissenhaften Untersuchungen, rühmen. Seine Beschreibung nun, wenn sie auch den gröberen anatomischen Verhältnissen so ziemlich entspricht, und weiterhin mit zwei bildlichen Darstellungen ausgeschmückt ist, trägt doch den Stempel jener Zeit: unbestimmte Vermuthungen, vage Ausdrücke und dazwischen Perlen der Wahrheit und correcten Deutung. Bei Hirschen findet er die Drüse „amplam latamque et ex pluribus aliis conglomeratam, subrubram (secus ac reliquae oculorum glandulae) substantiae friabilis ac mollicellae quaeque sita est in interiore orbita oculi, in peculiari cavitate pone musculum adducentem"; dasselbe ist auch bezüglich der Rehe gültig. Auch der Ausführungsgang wurde aufgefunden „e glandula exorientem, sub lachrymali glandula (citra ullam cum hac communionem) progredi, et circa initium membranae vulgo nictitantis, sese orificio satis conspicuo exonerare". Weiterhin sagt er dann ausdrücklich : „Glandulam in dictis animalibus a me inventam, novam et peculiarem esse." Ferner die Angabe : „lympham magna sui parte materiae ceruminosae secrevit." Irrthümlicher Weise sagt er schliesslich, dass der Gattung der Schafe diese Drüse abgehe; woher die „materia mucosa" stammt, die er bei derselben fand, lässt er unbestimmt.

Dieser Arbeit folgt zwei Jahre darauf eine Untersuchung der in Frage stehenden Drüse durch Nebel[2]. Er bestätigt im Wesentlichen die Angaben des Entdeckers, dehnt aber seine Forschungen aus auf die anatomischen Verhältnisse, wie sie sich bei Hasen, Kaninchen, Schweinen und Eichhörnchen gestalten. Ausserdem wurde die Drüse durch die sinnreiche Anwendung der Luftpumpe aufgeblasen, bis zur Berstung einzelner Alveolen, auch die Injection mittels Quecksilber, heissem Wachs oder Tinte angewandt, und endlich das Mikroskop, das selbstverständlich an mangelhafter, unvollkommener Einrichtung litt, zu Hilfe genommen. Dennoch ergab die Untersuchung eine Zusammensetzung aus Bläschen (vesiculas), d. h. rundlichen, hohlen Gebilden, den Alveolen. (Microscopiis subjecta, ex diversae magnitudinis vesiculis membranaceis tam oblongis, quam rotundis angularibus, constare visa fuit.) Schliesslich rühmt sich die Abhandlung noch 5 mittelmässiger Zeichnungen.

Heucher[3] meinte die Drüse käme auch dem Menschen zu (glandula lacrymalis nova, Hardero reperta, etiam in homine datur); ein anatomischer Irrthum, den schon Haller[4] rügt. Angely[5] sagt: „Sedem habet in cantho nasali, ac spissum albidumque humorem secernit,

---

1. Glandula nova lachrymalis una cum ductu excretorio in cervis et damis a. D. Joh. Jacobo Hardero P. P. Basilensi anno proxime elapso detecta et in binis literis ad... descripta in den Acta eruditorum. Lipsiæ 1694.

2. Dn. D. Samuelis Nebelii, De glandula lachrymali Harderiana non tantum in cervis, sed etiam aliis diversi generis animalibus reperta in Miscellanea curiosa Dec. III. Lipsiæ 1696, p. 292.

3. Heucher, Opera omnia. Lipsiae 1745, p. 526.

4. Haller, Elementa physiol. 1763, t. V, p. 322.

5. Angely, De oculo organisque lacrymalibus. Erlangen 1803, p. 22.

oblonga est in ruminantibus et satis compacta in lepore e duabus partibus constare videtur, quae ipsae in multos alios lobulos discedant. Pars superior minor et albida est, longe major et rubicunda inferior."

Schreger[1] übersetzt wörtlich die oben citirte Stelle, ohne jedoch Angely auch nur mit einem Wort zu erwähnen.

Cuvier[2] hat dieselbe Unterlassungssünde begangen, und man liest heute noch in seinem grossen Werk die übersetzte Stelle, mit einem kleinen Zusatz allerdings, aber auch ohne Angabe des Autors.

De Blainville[3] findet einen *„amas glanduleux*, qu'on désigne sous le nom de glande d'Harderus ou de lacrymale interne"; auch weiterhin beschränken sich seine Angaben bezüglich der Drüse auf Constatirung des Vorkommens, der Farbe und Grösse derselben; so sagt er z. B. bei der Beschreibung des Elephantenauges : „La glande d'Harderus est considérable, *elle s'ouvre entre la troisième paupière et le globe de l'œil* par un canal de la grosseur d'une plume à écrire."

Die classische Abhandlung über die secernirenden Drüsen von Johannes Müller[4] enthält zwei Paragraphen über die uns beschäftigende Drüse. „Ex mammalium" findet er „classe leporis, glandulam Harderianam immensam bipartitam, ad internum oculi angulum sub palpebra tertia ductu satis crasso exeuntem, non minus feliciter mercurio implevi[a]". (Wiederholung und Bestätigung der Nebel'schen Methode.) Ferner sagt Müller, wie wir sehen werden, ganz richtig : „vesiculae in lobulos oblongos irregulares racemorum in modo junguntur," und „ductus excretorius ad externam glandulae superficiem oculo adversam in biloba glandulosa massa in magnam distribuitur minorum ductuum copiam, qui divaricantes sese quisque lobuli racemo junguntur." Endlich : „Particulae elementares, seu fines ductuum vesiculae sunt minutiores undique aequales, quae ductus excretorii surculis terminalibus stellatim fere insidunt, id quod ante perfectam mercurio injectionem optime observavi, vesicula stellatae cum sensim sensimque hic illic in superficie adimplerentur." Das Werk enthält auch zwei ganz gute Abbildungen.

Sechs Jahre später erschien in Zürich eine Abhandlung über die Unterstützungsapparate des Bulbus, insbesondere der Nickhaut, von Heinrich Trapp[5]. Die Drüse findet vielfache Erwähnung, und bei manchen Thieren werden ihr eingehendere Besprechungen gewidmet. Verfasser spricht sich wesentlich dahin aus, dass die Drüse ein schleimiges Secret liefere „glandulae mucum secernunt, qui, praesertim quum res alienae oculum tangunt, prodit," (letzteres gilt hauptsächlich für die Ophidier); bei manchen Thieren erscheint dies jedoch unnöthig,

---

1. Schreger, Versuch einer vergl. Anat. des Auges und der Thränenorgane. Leipzig 1810, p. 32.

2. Cuvier, Leçons d'anatomie comparée. Paris 1847, t. III, p. 457.

3. De Blainville, De l'Organisation des animaux. Paris 1822, p. 372, 393.

4. J. Müller, De glandularum secernentium structura penitiori, Lipsiae 1830.

a. Auch bei Vögeln «mercurio facillime injecto impletur, liquore antea compressione penitus emisso».

5. Symbolae ad anatomiam et physiol. organorum bulbum adjuvantium et praecipue membranae nectitantis. Diss. inaug. H. A. Trapp. Turici 1836.

weil die Thränendrüse[1] die Funktion der HARDER'schen Drüse übernimmt, welche darin bestehen soll „ut corpuscula aliena ex oculo ejiciantur". Injectionen der Drüse gelangen weder seinen Bemühungen, noch den vereinigten Anstrengungen von TRAPP und Prof. ARNOLD. Bei Säugern sind die Verhältnisse ähnlich; die Drüse umschliesst den Nickhautknorpel und ist meist innig mit dessen innerem hinteren Rand verwachsen, so dass „qui eam avellere voluerit perichondrium non una avellere non possit".

Mit dieser Drüse verglichen findet er die Lacrymalis „durior et magis compacta, divisio in lobulos multo minus clare conspicitur." Ductus liessen sich nicht immer nachweisen (Hund, Katze), bisweilen waren dieselben „perspicui et vasti." Er glaubt das Secret für alle Säuger als „mucosus" bezeichnen zu können[2], und stützt diese Annahme auf Befunde, wie sie sich bei Ochsen, Schweinen, Ziegen darthun lassen. Bei Fleischfressern „propter glandularum extremam parvitatem, ejus vices valde exiguae sunt".

Ich habe die Angaben nach MÜLLER und TRAPP deshalb etwas ausführlicher wiedergegeben, weil seit jener Zeit nur wenig Neues zu den Resultaten ihrer Forschungen hinzugekommen ist[3], und die citirten Stellen in nuce enthalten, was bislang überhaupt bekannt war und auch von späteren Autoren als grossentheils richtig anerkannt worden ist; wir werden sehen, mit welchem Anspruch auf Richtigkeit. Uebrigens finden sich stellenweise in den Lehrbüchern der vergleichenden Anatomie Angaben, die doch nicht so ganz mit einer Anerkennung der Richtigkeit der TRAPP'schen Arbeit in Einklang zu bringen sind.

Zu erwähnen sind schliesslich noch HOFMANN[4], SEIFERT[5], SEYDELER[6], NUCK[7], LOCHER[8], ohne dass es sich der Mühe lohnte, auf die Angaben dieser Autoren näher einzugehen. Der Umstand mag noch notirt werden, dass ALBERS[9] bei der Beschreibung von GADUS MORRHUA einen wulstigen, hufeisenförmigen, den Sehnerven umgebenden Körper, von dessen Bau er sich jedoch keine sichere Vorstellung zu verschaffen vermochte, erwähnt. GUENELLON[10], HOVIUS[11] und CUVIER[12] sprechen diesem Körper einen drüsenartigen Bau zu.

Was endlich die vergleichende Anatomie angeht, so kann ich mich da ganz kurz fassen. Die Hauptwerke derselben bringen eigentlich gar nichts (Neues auf keinen Fall); durchweg

---

1. «Nam v. e. in testudinibus verae quoque glandulae lacrymalis secretum mucosum est.»
2. Eine Ausnahme machen die Nager.
3. Dies bezieht sich jedoch nur auf die Säuger, deren Drüse uns hier speciell interessirt.
4. HOFMANN (idea pathol.), De gland. Hard. in lepore (nicht zugängig).
5. SEIFERT, Spicilegia adenologica. Diss. inaug. Berolini 1823.
6. SEYDELER, De oculi structura hominis animaliumque mammalium. Berolini 1847.
7. NUCK, Adenographia curiosa. Lugd. Batav. 1722.
8. LOCHER, Diss. inaug. de secret. glandul. in genere. Lugd. Batav. 1761.
9. ALBERS, Bemerkungen über den Bau der Augen. Denkschrift der Akad. der Wissensch. München 1808.
10. GUENELLON-BAYLES, Nouvelles de la république des lettres. März 1686, p. 326.
11. HOVIUS, Tractatus de circulari humorum mortu in oculis. Lugd. Batav. 1716, p. 72.
12. CUVIER, Leçons d'anatomie comparée. Paris 1847, t. II u. III.

findet die Drüse, als zweite Lacrymalis bezeichuet, nur kurze Würdigung[1]. Cuvier[2] übersetzt, wie schon erwähnt, den citirten Passus der Angely'schen Abhandlung und fügt noch bei, dass die Drüse „considérable et double dans le rat d'eau" ist.

Owen[3], Meckel[4], G. Carus und d'Alton[5], V. Carus[6], endlich die Compendien von Blumenbach[7], G. Carus[8], O. Schmidt[9], R. Wagner[10], Bergmann und Leuckart[11], v. Siebold und Stannius[12], Huxley[13], Rymer-Jones[14], Grant[15], Gegenbaur[16] und Milne Edwards[17] behandeln alle unsere Drüse nur in oberflächlicher Weise, und kann ich davon abstrahiren, auf die einzelnen Werke näher einzugehen. Nur eine Bemerkung von Carus möchte ich hier noch anführen; er schreibt nämlich (p. 407, l. c.), dass die Harder'sche Drüse einen zähen Schleim absondert, und die Stelle der Meibom'schen Drüsen vertreten kann, wo diese ausserordentlich klein sind. Endlich noch, dass Meckel die Augenhöhlen-Drüse als sehr stark entwickelt bei Coelogenys paca und Cavia bezeichnet. Wir werden später sehen, dass sie überhaupt bei den Nagern einen besonders hohen Grad der Entwickelung erreicht. (Vergl. auch Bendz, in Müllers Archiv, 1841, p. 199 und Tiedemann, Bau der Thränendrüse in der testudo mydas, Meckels Archiv, Bd. V, 1819, p. 354.)

Kehren wir nach diesem Excurs zu unserem eigentlichen Thema zurück und fragen wir nach der inneren Structur und den physiologischen Eigenschaften unserer Drüse, so erfahren wir bald, dass uns die vorhandene Literatur über diesen Punkt die Antwort schuldig bleibt. Es ist mir nicht gelungen, irgendwo eingehende Angaben über die Structur der glandula Harderiana aufzufinden; obgleich ich die betreffenden Werke auf's Sorgfältigste durchmustert

---

1. Fast sämmtliche Autoren sind in diesen Schlendrian hineingerathen, unser Organ ohne Weiteres als Thränendrüse aufzufassen. Diese Bezeichnung stammt allerdings von dem Entdecker Harder; aber selbst die Zustimmung einer Autorität wie Owen gestattet uns nicht, uns ohne weitere Prüfung dieser Auffassung anzuschliessen. Eine ernste Prüfung dieser Angelegenheit scheint aber bis jetzt Niemand vorgenommen zu haben. Owen's Angabe «The Harderian Gland subserves the movements of the third or nictitating lid, and is present in all quadrupeds up to the Quadrumana», setzt zwar zum Mindesten eine mikroskopische Untersuchung voraus.

2. Cuvier, Leçons d'anatomie comparée. Paris 1847, t. II u. III.

3. Owen, Comparative Anatomy of vertebrates. London 1868.

4. Meckel, System der vergleichenden Anatomie. Halle 1829.

5. Carus u. d'Alton, Erläuterungstafeln zur vergleichenden Anatomie.

6. V. Carus, Icones zootomicae. Leipzig 1857.

7. Blumenbach, Handbuch der vergleichenden Anatomie.

8. G. Carus, Lehrbuch der vergleichenden Zootomie. Leipzig 1834.

9. O. Schmidt, Handbuch der vergleichenden Anatomie. Jena 1871.

10. R. Wagner, Handbuch der vergleichenden Anatomie. Leipzig 1834.

11. Bergmann u. Leuckart, Anatom.-physiol. Uebersicht des Thierreichs. Stuttgart 1853.

12. Siebold u. Stannius, Lehrbuch der vergleichenden Anatomie. Berlin 1845.

13. Huxley, Manual of the Anatomy of vertebrate animals. London 1871.

14. Rymer-Jones, General outline of the animal kingdom. London 1871.

15. Grant, Outlines of comparative anatomy.

16. Gegenbaur, Grundzüge der vergleichenden Anatomie. Leipzig 1870, p. 766. — Grundriss der vergleichenden Anatomie. 1874.

17. Milne Edwards, Leçons sur la physiologie et l'anatomie comparée. Paris.

habe, so bin ich schliesslich zu der Ueberzeugung gekommen, dass unser bisheriges Wissen bezüglich dieses Organs sich auf wenig Positives beschränkt, und dieses Wenige wiederum fast ausschliesslich auf die gröberen anatomischen Verhältnisse Bezug hat.

Ich hoffe nun, dass die Resultate meiner Untersuchungen, die ich im Nachfolgenden niederlegen werde, wenn sie auch die Lücke, welche sich bislang in der Erkenntniss der Beschaffenheit dieser Drüse fühlbar machte, nicht vollständig auszufüllen im Stande sind, doch Etwas dazu beitragen werden, die morphologische Stellung und physiologische Bedeutung derselben klarer und genauer zu präcisiren, als dies bis jetzt der Fall war.

Ferner möchte ich dazu beitragen, dass in Zukunft der HARDER'schen Drüse von Seite der Histologie einige Aufmerksamkeit gewidmet werde, da sie für manche Punkte der allgemeinen Drüsenhistologie und -Physiologie ein besonders vortheilhaftes Material darstellt.

Da, wie erwähnt, die gröberen anatomischen Verhältnisse genügend beschrieben worden sind, so unterlasse ich eine eingehendere Darstellung derselben; doch dürfte eine kurze Recapitulation der wesentlichen makroskopischen Momente nicht ganz überflüssig erscheinen, zumal die Angaben der Autoren nicht ganz übereinstimmend sind. Als allgemein gültig lässt sich der Satz aufstellen, dass je nach dem mehr oder minder hohen Grad der Entwicklung der Thränendrüse, die glandula Harderiana eine grössere oder geringere Ausbildung erreicht, so zwar, dass ich bei manchen Nagern mit prominenter HARDER'scher Drüse gar keine Thränendrüse mehr fand, und umgekehrt bei exquisiter Ausbildung der Lacrymalis, die gl. Hard. ganz in den Hintergrund tritt. Die Drüse schmiegt sich überall dem Bulbus an, indem sie ihn mit ihrer concaven Grundfläche von hinten und innen umfasst; ihre äussere convexe Fläche liegt entweder direct der inneren nasalen Wand der knöchernen Orbita an (Hase, Kaninchen, Cavia, Igel, Ratte, Mauss), oder die ganze Drüse liegt in ein Fettpolster eingebettet (Schaf, Rind, Schwein). Mit der Nickhaut ist sie an deren inneren Rand mehr oder weniger fest verwachsen[1], und bei manchen Thieren setzt sich der Nickhautknorpel als mässig breite, flache, tief im Innern des Drüsenparenchyms endigende Platte, fort. Wir werden später noch einmal auf diesen Punkt zurückkommen. Das Umhüllungshäutchen der Drüse setzt sich direkt fort auf die hintere Fläche der Blinzhaut, und vorne erhält letztere einen conjunctivalen Ueberzug, dessen submucöse bindegewebige Lamelle wiederum continuirlich in den vorderen Theil der tunica propria übergeht. Durchtrennt man einerseits die Conjunctiva an der Umschlagsfalte zwischen palpebra tertia und bulbus oculi, andererseits die erwähnte hintere Membran, welche an den knöchernen Orbita befestigt ist, so lässt sich durch Zug an der Nickhaut die ganze Drüse aus der Augenhöhle entfernen. Bei Rindern, Schafen, Schweinen exstirpirt man zweckmässig den Bulbus, weil nämlich bei diesen Thieren die Orbita sehr fetthaltig ist, und man die Drüse sorgfältig herauspräpariren muss. Da zwischen der Drüse der Nager und derjenigen der anderen Thiere ein fundamentaler Unterschied besteht, so erscheint es thunlich, dieselben gesondert zu betrachten und wenden wir unsere Aufmerksamkeit zunächst den ersteren zu.

---

1. Cfr. TRAPP, loc. cit.

Oeffnet man die Augenhöhle eines Kaninchens, exstirpirt den Bulbus, so sieht man ein massiges Organ am inneren Canthus gelegen, wie dies KRAUSE[1] eingehender darstellt. Betrachtet man dasselbe, die HARDER'sche Drüse, so fällt uns sofort ein markirter Unterschied in Farbe und Grösse der beiden das Organ bildenden Massen auf. Zwei scharf begrenzte Partieen sind bei Kaninchen wie Hasen ein nie fehlendes Vorkommniss. Wir constatiren einen grösseren, unteren, im frischen Zustande rosafarbenen, und einen kleineren oberen intensiv weissen[2] Lappen, der sich mit grosser Leichtigkeit von den andern separiren lässt. Es ist dies ein so auffallendes Verhalten und muss ohne Weiteres Jedem, der das Organ auch nur oberflächlich untersucht, sofort in die Augen springen, dass es kaum glaublich klingt, dass dieser Umstand auch nicht die geringste Erwähnung findet, weder in den speziellen Aufsätzen von NEBEL und HARDER, noch in den meisten Lehrbüchern. Wir haben gesehen, dass zuerst TRAPP[3] ganz richtig eine „pars rubicunda major" und eine „pars albescens minor" unterschied, und dass diese Beobachtung von manchen Autoren verificirt, von anderen einfach ausser Acht gelassen worden ist. Die Consistenz der pars rubicunda ist teigig, elastisch weich; die weisse Partie fühlt sich etwas derber an. Bieten uns beide Theile schon, makroskopisch betrachtet, in Farbe, Grösse, Consistenz, abweichende Verhältnisse, so wird es uns nicht befremden, dass die nähere histologische Prüfung Resultate ergiebt, die in eclatanter Weise eine, diesen äusserlichen Verschiedenheiten entsprechende differente innere Structur darthut. Die Form der Drüse variirt in nur unbedeutender Weise, indem die pars albescens manchmal relativ gross, bisweilen aber äusserst klein erscheint. Classificirt muss unser Organ unter der Rubrik der zusammengesetzten acinösen Drüsen werden[4]. Betrachtet man die Schnittfläche beider Theile, so zeigt sich die Rosapartie porös, schwammig, während der weisse Theile eine mehr compakte granulöse Masse darstellt; man kann an letzterer verschieden grosse, intensiv weisse Körner unterscheiden.

Ehe wir uns näher mit dem mikroskopischen Detail befassen, sei es mir gestattet, noch kurz auf das Resultat der chemischen Untersuchung einzugehen, und nehme ich zugleich die Gelegenheit wahr, Herrn Professor HOPPE-SEYLER für seine freundlichen Rathschläge meinen besten Dank auszusprechen; ebenso fühle ich mich Herrn GEOGHEGAN gegenüber zu grossem Danke verpflichtet.

Das ätherische Extract der Drüse (mechanische Zerkleinerung, Alkohol, Aether, dann

---

1. KRAUSE, Anatomie des Kaninchens. Leipzig 1868, p. 131—132.

2. Dieser rein weisse Farbenton bekommt einen Stich ins Gelbliche bei Alkoholeinwirkung; bei Behandlung mit Chromsäure und deren Salzen erreicht er eine exquisit gelbe bis gelbbraune Farbe. Die Rosapartie nimmt eine mehr graue Färbung an.

3. TRAPP, loc. cit. Seine bildliche Darstellung dieser Verhältnisse ist jedoch äusserst mangelhaft, in mancher Beziehung sogar unrichtig.

4. LEGENDRE, Développement et structure du système glandulaire. Paris 1856. — DUMÉRIL, De la texture intime des glandes. Paris 1844. — BICHAT, Anatomie générale. t. IV. Paris 1830. — CHAPELLE, De la classification des glandes. Thèse. Paris 1853. — HYRTL, Lehrbuch der Anatomie, 1873, p. 219.

Destillation und Auszug des Rückstandes mit reinem Aether) ist eine klare Flüssigkeit und man erhält durch Eindampfen derselben eine talgige Masse, die, wie die Untersuchung lehrt, der Hauptsache nach aus Fett besteht. Ausser dieser bedeutenden Menge Fett enthält die Drüse in geringerem Maasse auch Lecithin und Cholesterin; freie Fettsäuren waren jedoch nicht zugegen. Ferner liessen sich reichliche Mengen Chlor- und Phosphorsäure nachweisen, ebenso Kali und Natron. Das letztere in geringerer Quantität. Kalk fand sich keiner; in Wasser .unlösliche Salze waren auch nicht vorhanden. Das Secret fühlt sich ölig an, ist von deutlich alkalischer Reaction und entbehrt eines diastatischen Ferments.

Nach aussen wird unser Organ begrenzt von einer dünnen, fast hyalinen Membran; es entspricht dieselbe in ihrer Structur den derberen Umhüllungshäuten (Kapsel, tunica propria) anderer Drüsen. Lockeres Bindegewebe, dazwischen wellige Züge, glänzende Stränge, reichliche Mengen elastischer Fasern bilden eine verfilzte dehnbare Membran, die ausserdem noch, meist ungewöhnlich klein erscheinende zellige Elemente, von länglicher auch rundlicher Form oft mit Kern und Fortsätzen, in grösserer Zahl führt.

Von dieser Haut aus ziehen breitere Stränge trabekelähnlich durch das Innere der Drüse und zerlegen dieselbe in die grösseren Lappen; feinere Züge begrenzen dann bogenartig die kleineren Läppchen, und diese werden endlich wieder durch ganz feine Septen in die einzelnen **Drüsenbläschen** (Körner, Acini, Alveolen, Follikel) geschieden. Um diese Gebilde tritt die Zwischensubstanz oft in so spärlicher Entwickelung auf, dass die Acini dicht gedrängt erscheinen, ohne jedoch dabei ihre abgerundete Gestalt einzubüssen. Die Grösse dieser Säckchen ist dabei sehr schwankend, und ihre Form ungemein variabel; wir constatiren einfache rundliche und ovale, dann wieder birn- oder biscuitförmige, auch polyedrische und mehrfach ausgebuchtete Bildungen, letztere besonders häufig in der weissen Partie. Da das Interstitialgewebe ein äusserst lockeres ist, und sich in Macerationsflüssigkeiten stark imbibirt, so werden die einzelnen Abschnitte der Drüse sich gegen das gequollene hyaline Bindegewebe abheben, und es resultirt so ein zierliches exquisit lappiges Aussehen, wie man es nicht leicht in so ausgesprochener Weise an anderen drüsigen Gebilden beobachten wird. Dieses Verhalten findet seine Erklärung in der Thatsache, dass das eigentliche Parenchym nur geringfügige Veränderungen, selbst durch anhaltende Maceration erleidet, ein Umstand, der uns auch fernerhin bei dem Studium der secernirenden Drüsenzellen sehr zu Statten kommt. Gegen die äussere Oberfläche zeigen die Läppchen eine mässige Convexität; im Inneren der Drüse sind sie gegen einander abgeplattet; nach dem Ausführungsgang zu, der mit den Blutgefässen eine Art Hilus bildet, verjüngen sich diese Läppchen, so dass ihre Gestaltung im Allgemeinen annähernd pyramidenförmig wird.

Wir gehen nun über zur Betrachtung der Acini, Drüsenbläschen oder Alveolen. Diese Gebilde stellen, wie bei den Drüsen der acinösen Formation überhaupt, hohle Säckchen dar, und setzen sich zusammen aus einer Schicht Epithel und einer umhüllenden Haut; der Hohlraum, den diese Epithelien umschliessen, enthält die Produkte ihrer secretorischen Thätigkeit. Jeder Acinus zeigt also eine sehr feine, hyaline, unter Umständen doppelt contourirte

Grenzschicht, und erscheint dieser häutige Ueberzug zunächst vollkommen structurlos; er entspricht der Membrana propria der Autoren. Wir kommen später noch einmal ausführlicher auf diesen Punkt zu sprechen; zunächst sei nur erwähnt, dass sich in diesem Häutchen mit grösster Evidenz Kerne nachweisen lassen. Diese glashelle Membran trägt auf ihrer Innenfläche in einfacher Schichtung eine Lage pyramidenförmiger Enchymzellen, die das eigentliche secernirende Drüsenepithel darstellen. Diese Zellen erscheinen frisch, von Fett so dicht erfüllt, dass sie von weiterer Structur nichts erkennen lassen, wobei jedoch zwischen den Zellen der Rosapartie und denen des weissen Theils ein markirter Unterschied besteht. Während nämlich das Fett in ersteren in grösseren Tröpfchen angeordnet ist, finden wir letztere erfüllt von einer feinkörnigen moleculären Masse, die zunächst gar nicht den Eindruck von Fett macht. Dieselbe Masse füllt aber auch die Hohlräume der Acini aus, natürlich nur der weissen Partie, und da bei schwacher Vergrösserung diese Substanz ganz homogen erscheint, so nimmt sich dieser Theil der Drüse ganz wie die Colloide Thyrroidea aus.

Untersucht man die Drüse ganz junger Kaninchen, so vermisst man diese Erfüllungsmasse; doch gelang es mir nicht, definitiv festzustellen, um welche Zeit sie zuerst auftritt. So viel ist jedoch sicher, dass sie ein secundäres Product der Drüsenzellen darstellt. In wässrigen Flüssigkeiten und auch ohne Zusatz ist sie frisch von milchtrübem Aussehen; fügt man Aether hinzu, so wird sie sofort klar; bei Evaporation des Aethers trübt sie sich wieder. Die einzelnen Körnchen zeichnen sich durch ihre Resistenz gegen die verschiedensten Reagentien aus und werden durch Osmiumsäure nur bräunlich gefärbt. An Durchschnitten von in Alkohol erhärteten Drüsen ist der Inhalt der Bläschen auch bei stärkerer Vergrösserung mehr homogen talgartig geworden, und hat sich in eine brüchige Substanz umgewandelt, die sich stellenweise von dem Epithelstratum abgelöst hat und von Rissen durchsetzt ist; bisweilen lassen sich in derselben auch Kerne auffinden. Auch in diesem Zustande imbibirt sie sich mit keinem der gebräuchlichen Tinctionsstoffe (Carmin, Hämatoxylin, Pikrocarmin etc.); bei Chrombehandlung nimmt sie einen schwachen, gelblichen Ton an. Auf Grund dieses passiven Verhaltens erhält man sehr zierliche Bilder, indem die gelbliche Masse wie von Rahmen der sich leicht tingirenden Enchymzellen umspannt erscheint. Es ist in dem Vorhandensein dieser negativen Eigenschaften wiederum ein Punkt der Uebereinstimmung mit Colloidsubstanz gegeben. Die Drüsenbläschen sind ferner sehr gross und können eine Ausdehnung von 0,8 mm. erreichen; dieselbe ist jedoch schwankend, so dass dasselbe Läppchen Acini von 0,08—0,6 und darüber enthalten kann; im Mittel kann man 0,3—0,4 annehmen (beiläufig grösser als die Bläschen der Schilddrüse); dabei gilt auch hier, dass die kleineren Blasen mehr peripherisch, die grösseren mehr central gelegen sind.

Zeigen die Zellen der weissen Partie eine gewisse Aehnlichkeit mit den Elementen der Talgdrüsen[1], so tritt uns bei der Rosapartie eine augenscheinliche Verwandtschaft ihrer zel-

---

1. Kölliker, Handbuch der Gewebelehre. — Biesiadecki, in Stricker's Handbuch, cap. XXVI, p. 596. — Leydig, Lehrbuch der Histologie. 1857, p. 87. — W. Krause, Handbuch der Anatomie. 1876, p. 112. — Frey, Handbuch der Histologie.

ligen Bestandtheile mit denjenigen der Milchdrüse[1] im Stadium der Lactation entgegen, nur dass bei letzterer die Anordnung der Fetttröpfchen innerhalb der Zellen keine so regelmässige ist und ausserdem die Grösse derselben weit erheblicheren Schwankungen unterliegt.

Um uns einen Einblick in die weitere Beschaffenheit der Zellen zu verschaffen, müssen wir zunächst das Fett extrahiren.

Behandelt man demgemäss die Drüse mit Aether oder Chloroform, und lässt dann Essigsäure einwirken, oder zerzupft in Eosin-Glycerin[2], so erhält man sehr instructive, aber allerdings bisweilen schwer zu deutende Bilder. Die Zellen der weissen Partie bestehen aus dunkelkörnigem Protoplasma, haben oft eine eigene Membran, und tragen stets einen, bisweilen auch zwei Kerne. Dieser liegt immer excentrisch, also der propria zugekehrt, ist gross und bläschenförmig, und schliesst wiederum ein oder mehrere Kernkörperchen ein.

Für die Rosapartie modificiren sich diese Verhältnisse. Sobald das Fett entfernt wird, erscheint das Innere der Zelle durchzogen von einem Netzwerk, dessen rundliche Vacuolen den zerstörten Fetttröpfchen entsprechen. Das Reticulum selbst aber erscheint je nach der verschiedenen Behandlung der Drüse, bald streifig, bald körnig, auch mehr faserig, bisweilen homogen und glänzend. Es sei mir gestattet hier etwas näher einzugehen auf die Frage (denn als solche muss sie noch bezeichnet werden) dieser und ähnlicher Netzwerke. Durchmustert man die Literatur der drüsigen Organe überhaupt, so kann uns die Thatsache nicht entgehen, dass vielfach das Vorkommen von reticulären Structuren, und· zwar bei den verschiedenen Autoren, mit ganz differenter Deutung beschrieben worden ist. Natürlich resultirte aus diesem Meinungswirrwarr eine grosse Confusion, und doch will. es mir scheinen, als ob diesen so verschiedenartig geschilderten Bildungen identische Structurverhältnisse zu Grunde liegen.

Lassen wir zunächst, um uns diese Meinungsdifferenzen zu vergegenwärtigen, die Ansichten einiger Autoren an uns vorübergehen. Da findet LANGER (loc. cit., pag. 628) „aus der geronnenen Käsesubstanz ein Netzwerk, welches den Acinus nach allen Richtungen durchzieht". STRICKER[3], bei den MEIBOM'schen Drüsen, „das Innere des Acinus erfüllt mit scharf begrenzten, gegen einander abgeplatteten Gebilden, „deren jedes" in einzelnen Fällen(?) „im Innern ein äusserst zartes, feines Netzwerk zeigt." EBNER[4] sieht ein System netzartig verbundener, doppeltcontourirter glänzender Linien, helle Streifen und faserartige Bildungen zwischen den Secretionszellen. SCHWALBE[5] erwähnt ein Kanälchennetz zwischen den Drüsenzellen, EBSTEIN[6] helle, polygonale Netze.

---

1. LANGER, Ueber den Bau und die Entwicklung der Milchdrüse. Denkschr. der Wiener Akad. 1851. — RUDOLPHI, Bemerkungen über den Bau der Brüste. Abhandl. der Berlin. Akad. 1831. — LANGER, Die Milchdrüse, cap. XXVIII, in STRICKER's Handbuch, p. 628. — COOPER, Anatomy of the breast. 1839. — ATHANASIUS JOANNIDES, De mammarum physiologia. REILS Archiv, 1805, Bd. VI.

2. Von Dr. AFANASIEW (im hiesigen Laboratorium) angegeben.

3. STRICKER, Handbuch der Gewebelehre, cap. XXXVI, p. 1148.

4. EBNER, Ueber die Anfänge der Speichelgänge in den Speicheldrüsen. Archiv für mikrosk. Anat., Bd. VIII.

5. SCHWALBE, Beiträge zur Kenntniss der Drüsen in den Darmwandungen. Archiv für mikrosk. Anat. Bd. VIII.

6. EBSTEIN, Beitrag zur Lehre vom Bau der sogen. Magenschleimdrüsen. Archiv für mikrosk. Anat. Bd. VI.

Merkel[1] beschreibt „dünne Fasern, die als Netz das Kanälchen (Hoden) durchziehen und als ein System verzweigter Epithelzellen aufzufassen sind"; auch von La Valette Saint-George[2] zweifelt nicht an dem Vorkommen solcher Zellen.

Wiedersheim[3] gelangt zu der Ueberzeugung, dass zwischen den Zellen ein Secretnetz abgelagert sei; Flesch[4] schliesst sich ihm an.

Leydig[5] gibt an, „dass zwischen den Zellen feine Gänge oder Lücken bestehen, die sich da und dort miteinander verbinden". Dass viele Autoren drehrunde, netzartig angeordnete Secretionskanälchen annehmen, ist allgemein bekannt, wenn auch nicht in gleichem Masse anerkannt. Solche intercelluläre Drüsencapillaren sind zunächst für die Leber constatirt worden, dann aber auch von Saviotti[6], Boll[7], Kölliker[8], Gianuzzi[9], Langerhans[10], Ebner[11], Schwalbe[12], Ewald[13], Krause[14], Pflüger[15], für das Pancreas und die Speicheldrüsen angenommen worden. Auch an anderen Drüsen sind ähnliche Beobachtungen geschildert worden; so hat Wiedersheim[16] z. B. in den Drüsen des Muskelmagens der Vögel Drüsengangcapillaren beschrieben. In neuester Zeit endlich wird diesen Verhältnissen von Lawdowsky[17] eine längere Auseinandersetzung gewidmet, und gedenkt ihrer schliesslich noch Nussbaum[18] in der allerletzten Arbeit über Drüsen.

Also Käsesubstanz, Bindegewebe, Epithelzellen, Nervenfasern und Secretionsröhrchen, in einem Wort, die heterogensten Vorkommnisse, die nur in der netzförmigen Anordnung übereinstimmend sich verhalten. Woher stammt nun diese sonderbare Confusion? Die Erklärung ist, wie mir scheint, in dem Factum zu suchen, dass wir es einerseits allerdings mit ver-

---

1. Merkel, Die Stützzellen der menschlichen Hoden. Reichert's Archiv. 1871.

2. V. La Valette Saint-George, Der Hoden. — Stricker's Handbuch, Bd. XXIV, p. 527.

3. Wiedersheim, Kopfdrüsen der geschwänzten Amphibien. Zeitschr. für wissensch. Zoologie. Bd. XXVII, H. 1.

4. Mündliche Mittheilung.

5. Leydig, Ueber die Kopfdrüsen einheimischer Ophidier. Archiv für mikrosk. Anat. Bd. IX.

6. Saviotti, Ueber den feineren Bau des Pancreas. Archiv für mikrosk. Anat. Bd. V.

7. Boll, Die Bindesubstanz der Drüsen. Archiv für mikrosk. Anat. Bd. V, 1869.

8. Kölliker, Handbuch der Gewebelehre.

9. Gianuzzi, Von den Folgen des beschleunigten Blutstroms, insbesondere für die Absonderung des Speichels Bericht der K. Sächs. Gesellsch. der Wissensch. zu Leipzig. 1865, 27. Nov. — Recherches sur la structure intime du pancréas. Comptes rendus, 1869.

10. Langerhans, Beiträge zur mikrosk. Anat. der Bauchspeicheldrüse. Inaug. Dissert. Berlin 1869.

11. Ebner, Ueber die Anfänge der Speichelgänge in den Speicheldrüsen. Archiv für mikrosk. Anat. Bd. VIII.

12. Schwalbe, Beiträge zur Kenntniss der Drüsen in den Darmwandungen. Archiv für mikrosk. Anat. Bd. VIII.

13. Ewald, Beiträge zur Histologie u. Physiol. der Speicheldrüse des Hundes. Dissert. inaug. Berlin 1870.

14. Krause, loc. cit, p. 37.

15. Pflüger, Die Speicheldrüsen, cap. XIV. — Stricker's Handbuch, p. 307.

16. Wiedersheim, Die feineren Structurverhältnisse der Drüsen im Muskelmagen der Vögel. Archiv für mikrosk. Anat. Bd. VIII.

17. Lawdowsky, Zur feineren Anat. u. Physiol. der Speicheldrüsen, insbes. der Orbitaldrüse. Archiv, Bd. XIII.

18. Nussbaum, Ueber den Bau und die Thätigkeit der Drüsen. Archiv für mikrosk. Anat. Bd. XIII.

schiedenen Systemen von reticulärer Disposition zu thun haben, andererseits aber, dass viele Untersucher nicht genügend differenzirt haben zwischen präformirten Structurverhältnissen und Artefacten.

Das eine System dieser Netze ist ein intercelluläres (von der Fläche der Alveolen gesehen), in polygonalen Maschen angeordnetes, und will ich gleich vorausschicken, dass ich durch meine Untersuchungen die Ueberzeugung gewonnen habe, dass es sich dabei um weiter nichts als eine zwischen den Zellen befindliche eiweissartige Kittsubstanz handelt. Diese die Zellen verbindende Substanz verhält sich nun aber gewissen Reagentien gegenüber in eigenthümlicher Weise, und die so oder so durch Gerinnung, Quellung, Schrumpfung etc., mehr oder minder veränderte Masse, hat eben nach meiner Auffassung zu jenen Differenzen in der Deutung der intraalveolären Gebilde geführt. Die Annahme feinster Röhrchen hat allerdings sein Verlockendes, und in der That dürfte das Vorkommen derselben für manche Organe ausser allem Zweifel sein; für die Thränendrüse und Harder'sche Drüse muss ich jedoch solche Bildungen entschieden in Abrede stellen. Gelingt es auch in einzelnen Fällen vollendete Injectionen darzustellen, so ist damit noch nicht der Beweis geliefert, dass die Injectionsmasse in präformirte, gar noch mit eigenen Wandungen versehene Kanälchen eingedrungen ist, welches anzunehmen manche Autoren geneigt sind. Um an dieser Stelle die Resultate meiner Injectionen gleich abzufertigen, so muss man zunächst zwei Gruppen der Drüse unterscheiden, und ist diese Gruppirung auch für anderweitige Structurverhältnisse von Belang.

Bei den Nagern nämlich (untersucht wurden Hase, Kaninchen, Ratte, Meerschweinchen, Igel [Erinaceus europaeus], Maus, Murmelthier [Arctomys bobac], Siebenschläfer [Myoxus dryas] und Ziesel [Spermophilus guttatus]) entspricht die Drüse mehr einer grossen zusammengesetzten Talgdrüse, während sie bei den übrigen von mir untersuchten Säugethieren so ziemlich den Bau der Lacrymalis besitzt. Bei Kaninchen und Hasen nimmt sie ferner durch die schon erwähnte Zerfällung in zwei Partieen noch eine besondere Stellung ein.

Bei der ersten Gruppe fordert die Injection gleich anfangs schon einen mässigen Druck, und dringt die Masse fast nie zwischen die Drüsenzellen ein, im Gegentheil ergiesst sie sich bei Anwendung von starkem Druck in das Zwischengewebe.

Bei der zweiten Gruppe gelingt die Injection verhältnissmässig leicht und habe ich partielle Injectionen besonders instructiv gefunden. Als Injectionsmasse verwandte ich mit sicherstem Erfolg eine wässerige Berlinerblaulösung, der meist noch etwas Glycerin beigemischt wurde. Leimsolutionen fand ich unzweckmässig, obgleich man bisweilen auch durch diese ganz leidliche Resultate erzielt. Die Injection von Silbernitrat in $^1/_2$ procentiger Lösung, von Osmiumsäurelösung von gleichem Concentrationsgrade, blieben ohne den erwarteten Erfolg. Bei dieser zweiten Gruppe sieht man nun regelmässig, vom centralen Hohlraum der Alveolen, gefärbte radiäre Streifen, bis dicht an die Membrana propria hinanreichend, zwischen den einzelnen Drüsenzellen verlaufen. Diese zahlreichen Wege, gegen die Peripherie in gerader, ununterbrochener Richtung verlaufend, entsprechen ganz den hellen glänzenden Doppelcontouren der frischen Drüse. Und in der That lässt sich auf's Sicherste constatiren, dass die eingespritzte

Masse die feinen Streifen zwischen den Zellen remplacirt. Ferner kann man sich an solchen Präparaten überzeugen, dass ausserdem noch ein Netzwerk existirt, aber ein Reticulum ganz anderer Art und ein Reticulum ferner, das bei weitem nicht jedem Acinus zukommt. Dieses zweite Netzwerk wird aus den strahligen, platten Stützzellen der Alveolenwand gebildet; wir kommen noch einmal auf diesen Punkt zurück. Um die geschilderten Verhältnisse zu ergänzen, müssen wir noch der Streifen, wie sie sich im frischen Zustande uns darstellen, gedenken. Bei den Drüsen der ersten Gruppe sieht man in den einzelnen Alveolen von Zellgrenzen überhaupt noch keine Andeutung; man gewahrt zunächst nur eine Anzahl von Drüsenläppchen, deren jedes wieder eine Zusammensetzung aus Alveolen erkennen lässt. Diese letzteren werden umschlossen von einer feinen, sich glatt nach aussen, von dem Inhalt der Bläschen scheinbar etwas entfernt, abgrenzenden Membrana propria. Dass sich dieselbe unmittelbar den Drüsenzellen anschmiegt, lehrt die Zerzupfung und genaue Einstellung auf die Randcontour solcher Präparate. Die Erfüllungsmasse des Alveolus lässt weder Kerne, noch Zellgrenzen, noch ein centrales Lumen erkennen. Sie selbst setzt sich zusammen aus verschieden grossen Kügelchen und Tröpfchen, erscheint dunkel bei durchfallendem, weiss bei auffallendem Licht, und löst sich in Aether. Solche frische Zerzupfungspräparate eignen sich auch zum Studium der Einwirkung verschiedener Reagentien auf die Drüsenzellen, die Intercellularsubstanz und die Membrana propria. Was weiter die Kittsubstanz angeht, so lassen sich bei den Drüsen der zweiten Gruppe schon im frischen Zustande helle Doppelcontouren wahrnehmen; genaue Durchmusterung einer grösseren Reihe von Präparaten lässt uns die Thatsache erkennen, dass diese Streifen in Wirklichkeit den Zellgrenzen entsprechen. Setzt man nun vorsichtig Kalilauge zu[1], so wird man gewahr, wie die homogenen, glänzenden Contouren sich verbreitern (offenbar durch Quellung) und die Protoplasmamasse des Zellkörpers der Enchymzellen eine rundliche Form annimmt; dabei wird die propria von letzteren abgehoben, und es resultirt ein Bild, welches identisch ist mit den von BOLL geschilderten Körbchenzellen. Lässt man das Reagens länger einwirken, so erblasst der Inhalt der Alveolen, die Zellgrenzen verwischen sich, und es liegt schliesslich eine unförmige Masse in einem weiten Sack. Von etwa vorhandenen Röhrchen ist nichts wahrzunehmen.

Lässt man umgekehrt, unter denselben Vorsichtsmassregeln, Essigsäure einwirken, so ändert sich das mikroskopische Bild total. Die glänzenden Linien werden dunkler und faserig, propria und Drüsenzellen schrumpfen, die Kerne der letzteren treten deutlich hervor, und es werden ausserdem noch die Stützzellen sichtbar; in diesem Zustande entsprechen die faserig geschrumpften Linien den streifigen, doppelt contourirten Netzwerken der Autoren; auf Glycerinzusatz erhält man wieder ein helleres, glänzendes Reticulum. An Macerationspräparaten

---

1. Ich habe es für nothwendig gefunden, um die Einwirkung von Reagentien zu verfolgen, die von NUSSBAUM (allerdings nicht ganz neue) angegebene Methode zu benutzen, und möchte nur noch hervorheben, dass man auf diese Weise die respectiven Veränderungen sich unter dem Auge vollziehen sieht, während man sonst nur deren Endresultate zu Gesichte bekommt.

endlich gewahrt man gar nichts, was für die Annahme von Kanälchen zwischen den Zellen spräche; auch die Krause'sche Ansicht, dass es sich nur um wandungslose, untereinander in polygonalen Maschen communicirende, von der Fläche ein Netzwerk bildende Kanäle handle, kann ich nicht theilen. Nach seiner Angabe „gerinnt ihr Inhalt, der eiweissartig ist und nicht bereits fertiges Drüsensecret enthält, zu einer homogenen, glänzenden Masse". Diese Annahme scheint mir aber gegenüber dem thatsächlichen Befund nicht gerechtfertigt; ich sehe in seiner Angabe vielmehr nur einen Beweis für die Richtigkeit meiner Auffassungsweise dieser Dinge. Der angebliche Inhalt der intercellulären Gänge ist eben die Kittsubstanz selber.

Aber sprechen nicht die Resultate der Injectionen für die Annahme von präformirten Kanälen? — Keineswegs. Wie man auch immer die Richtung des Schnittes wählen mag, immer bleibt das Bild der intercellulären Injectionsmasse dasselbe; nie aber gelingt es etwa, Querschnitte runder Gänge zwischen den Epithelien nachzuweisen, ähnlich wie dies für die Gallencapillaren[1] gelingt. Man hat sich also den Vorgang der Injection so darzustellen, dass die Masse an dem locus minoris resistentiae eindringt, und die vorhandene Kittsubstanz einfach dem entsprechend verdrängt wird. Dabei ist es nun leicht begreiflich, dass die Zellen nicht etwa mantelartig umhüllt werden von der eingespritzten Masse, denn wo sollte dann die Kittsubstanz bleiben? sondern, dass sie sich einen Weg durch letztere bahnt, dessen Richtung einzig und allein von den mechanischen Druck- und localen Widerstandsverhältnissen abhängig ist, und darf es uns daher nicht befremden, dass die Masse in langgestreckten Streifen verläuft und sich nicht flächenhaft ausbreitet, wie dies unbedingt geschehen müsste, wenn wir es hier mit einem die Zellen umgebenden Hohlraum zu thun hätten. Die in neuester Zeit von Nussbaum publicirte Arbeit bringt eine Beobachtung, welche zu Gunsten der Annahme „eines Systems von Septen zwischen den Drüsenzellen und mit der membrana propria zusammenhängend", ausgelegt wird. Wie ich mich durch Wiederholung seiner Versuche überzeugt habe, hat Verfasser richtig beobachtet und kann ich das Thatsächliche seiner Experimente somit nur bestätigen. Die Deutung der Veränderungen aber, welche an der frischen Drüse durch langsamen Wasserzusatz Platz greifen, kann ich durchaus nicht billigen, ich muss die Vorgänge, die sich dabei abspielen, vielmehr in meinem Sinne verwerthen. Der ganze Prozess beruht also wiederum nur auf Quellung, und erklärt sich das Bild der scheinbaren Septen durch Umwandlungen der Kittsubstanz, wie sie durch den Wasserzusatz hervorgerufen werden.

Schliesslich mag noch darauf hingewiesen werden, dass, abgesehen von dem thatsächlich durchaus negativen Befund, die Annahme von Röhrchen, welche einen fast directen Flüssigkeitsaustausch zwischen den Blutcapillaren einerseits und dem Inneren des Acinus andererseits ermöglichen, schon a priori zu verwerfen ist. Das Blut würde sonst nur die dünne Capillarwand und die äusserst feine propria zu passiren haben, um sofort in das Innere des Alveolus zu gelangen,

---

1. Hering, Cap. VIII; Stricker's Handbuch; Eberth in Virchow's Archiv, Bd. XXXIX. p. 87. Cfr. auch Budge, Ueber den Verlauf der Gallengänge; Reichert's Archiv. 1859.

was sich mit unseren jetzigen Ansichten über die Betheiligung der Drüsenzellen bei dem Secretionsvorgange nicht vereinbaren lässt.

Damit sollen die Acten betreffs dieser Structuren noch keineswegs geschlossen sein; weitere Forschungen mögen immerhin diese Verhältnisse noch genauer analysiren und zu endgiltigen Resultaten führen. Jedenfalls aber erscheint doch die Auffassung der fraglichen Gebilde als Kittsubstanz viel ungezwungener, als die complicirtere Annahme von Kanälchen; sie genügt ausserdem in jeder Weise den Anforderungen einer streng wissenschaftlichen Erklärung, ganz abgesehen davon, dass sie mit den thatsächlichen Beobachtungen über das Verhalten der in Rede stehenden Bildungen durchaus in Einklang zu bringen ist.

Eine wesentlich andere Frage wäre die nach der Entstehungsweise derselben, und glaube ich, dass wir es hier zweifelsohne mit einem Produkt der Drüsenzellen selbst zu thun haben. Diese Auffassung bedarf wohl keiner näheren Motivirung.

Ein weiteres Netzwerk ist ein intracelluläres und an der frischen Drüse überhaupt nicht zu demonstriren, wie es sich denn in seinem Vorkommen auch auf die Drüsen der ersten Gruppe beschränkt. Es wird gebildet aus den Resten des durch die Function der Drüsenzellen consumirten, in Secret umgewandelten Protoplasmas, und finden wir demgemäss, je nach Behandlung des Präparats, differente Anordnungen desselben. So erhalten wir einmal ein die Zelle nach allen Richtungen hin durchsetzendes Reticulum mit Vacuolen und Lücken, die der Grösse und Anordnung nach genau dem entfernten Secret entsprechen, also bisweilen ziemlich grobmaschig ist. Dann bekommen wir Bilder (Kochen mit Glycerin, Essigsäure, Anwendung starker Säuren), wo man überhaupt nur noch ein System engmaschiger Netze, die geschrumpften Protoplasmareste darstellend, und dazwischen breitere Bindegewebebalken, wahrnimmt.

Das sind die Extreme; dazwischen gibt es nun zahlreiche Uebergangsstufen, die sich aber immer auf die genannten Typen zurückführen lassen. Die Protoplasmareste umgeben also die einzelnen Secrettröpfchen mantelartig in dünner Schicht, und erscheinen natürlich auf Durchschnitten in netzförmiger Anordnung. Bei schonender Behandlung liefert unser Organ ein äusserst regelmässiges, überaus zierliches Reticulum, was davon herrührt, dass die einzelnen Tröpfchen eine auffallende Regelmässigkeit in Grösse und Anordnung besitzen. Dieses eigenartige Verhalten charakterisirt die Drüsenzellen der HARDER'schen Drüse gegenüber den fettig degenerirten Epithelien anderer Organe. Bei den Talgdrüsen findet man z. B. die Fetttröpfchen von wechselnder Grösse und ist die Gruppirung derselben eine mehr haufenweise, so dass oft noch einzelne Inseln von ursprünglichem Zellinhalt restiren, und es demgemäss zur Bildung eines mehr irregulären Reticulums kommt. (Cfr. die Literatur der Talgdrüsen.)

In ähnlicher Weise verhalten sich die MEIBOM'schen Drüsen; die Milchdrüse erreicht schon einen höheren Grad von Regularität in diesem Verhalten ihrer zelligen Elemente (natürlich nur während der Lactationsperiode), doch vermisst man auch bei ihr jene exquisite Regelmässigkeit der Fettablagerung.

Man wird dieses intracelluläre Reticulum also überall da antreffen müssen, wo es innerhalb der Zellen zu einer morphologischen Differenzirung der Produkte der resp. Zellfunction kommt, insbesondere also an den Drüsen, bei welchen Formbestandtheile des Secrets sich innerhalb der Zellen ablagern und das ursprüngliche Protoplasma entweder mechanisch verdrängen, oder — was wahrscheinlicher ist — chemisch umwandeln. In beiden Fällen müssen die Reste desselben auf Schnitten eine netzartige Form annehmen. Nur braucht dieselbe nicht immer nothwendiger Weise zu Tage zu treten, und wird ausserdem je nach der Beschaffenheit des Secrets und der histologischen Untersuchungsmethoden wesentlichen Alterationen unterworfen sein.

Soviel also über diese Netze und intraalveolaren Bildungen; man verzeihe mir nur, wenn etwa dieser Abschnitt zu sehr in die Länge gezogen wurde; aber bekanntlich ist gerade über diese Frage in neuester Zeit viel verhandelt worden, und war mir daran gelegen, die sich widersprechenden Ansichten, die dabei zu Tage traten, auf ihre Ursachen zurückzuführen. Man würde allerdings entschieden zu weit gehen, wollte man alle netzartigen Structuren, welche je an Drüsen beschrieben worden sind, auf die angeführten Typen zurückführen ; jedenfalls aber glaube ich mit Bestimmtheit nachgewiesen zu haben, dass eine grosse Zahl solcher Gebilde in dem Sinne, wie sie manche Autoren aufzufassen geneigt sind, überhaupt als integrirende Bestandtheile der betreffenden Organe keine Existenz haben, vielmehr als Artefacte anzusehen sind.

Sind wir bei Betrachtung des Vorhandenseins feiner und feinster Gänge, Drüsencapillaren, Spalträume, Intercellularkanälchen, wie man sie nennen will, zu einem negativen Schluss gekommen, so ist es mir bei der histologischen Deutung der Membrana propria leider ebenso gegangen. Ich sehe mich in die unangenehme Lage versetzt, die neuerdings fast allgemein in dem Sinne Boll's[1] anerkannte Structur dieses Häutchens als unrichtig und auf Täuschung beruhend, zu bezeichnen. Da zumal noch keine entwicklungsgeschichtlichen Beobachtungen über die einschlägigen Verhältnisse vorzuliegen scheinen, so glaube ich etwas näher auf diese Materie eingehen zu sollen.

Beginnen wir mit den Drüsen junger Embryonen. An keinem der untersuchten Organe ist es mir gelungen, eine eigentliche Acinusmembran aufzufinden. Die zukünftigen Alveolen treten uns in Form solider Zellcomplexe entgegen, und entbehren dieselben vor der Hand noch eines häutigen Ueberzuges. Dagegen kann man sich leicht überzeugen, dass die Zellen des embryonalen Bindegewebes in nächster Nähe dieser Zellenhaufen nicht dieselbe

---

1. Boll nahm zuerst, 1868, «Körbe, in denen das Drüsenträubchen lagerte, an» (cfr. über den Bau der Thränendrüse : Archiv für mikrosk. Anat., Bd. IV, p. 148), dann, 1869 (siehe unten loc. cit.), « verdickte Streifen und Rippen in der korbartig durchbrochenen Umhüllungshaut », und ebenfalls 1869 (die Bindesubstanz der Drüsen, Archiv für mikrosk. Anat., Bd. V, p. 337) schildert er ein Zellennetz in Kugelschalenform angeordnet, als Umhüllung der Alveolen. Endlich gelangt er, 1872 (Thränendrüse, cap. XXXVI, Stricker's Handbuch, p. 1163), zu der Ueberzeugung, dass «die propria aus platten, sternförmigen Zellen zusammengesetzt sei».

Form besitzen, wie die entfernter liegenden. Während nämlich letztere die charakteristische Form und Eigenschaften der embryonalen Bindegewebszelle beibehalten, hat sich in unmittelbarer Nähe der Epithelien eine modificirte Lage, eine Grenzschicht gebildet. Diese Schicht setzt sich zusammen aus mehr lang gestreckten, flachen Zellen, die längs der äusseren Grenze der Epithelien eine Art Netzwerk bilden, ohne dass jedoch eine scharfe Grenze gegenüber dem benachbarten Interstitialgewebe vorhanden wäre. Es ist nun leicht einzusehen, wie durch weitere Umwandlungen aus dieser Schicht eine continuirliche Membran entsteht, und lässt sich in der That ein zelliges Gefüge der Membran an jungen Drüsen mit grösster Evidenz constatiren. Warum es mir nie gelingen wollte, durch die Versilberungsmethode an den Drüsen älterer Thiere Zellgrenzen nachzuweisen, bleibt mir eine noch unerklärliche Thatsache.

Schreiten wir weiter und untersuchen wir die Verhältnisse, wie sie sich bei erwachsenen Thieren ausnehmen. Zunächst bei den Drüsen der ersten Gruppe trägt die propria abgeplattete Kerne, von ovaler, bisweilen ei- oder birnförmiger Gestalt; dieselben können die Membran nach aussen buckelförmig hervorwölben, oder sich scheinbar von innen dem Häutchen anschmiegen, meist jedoch sind sie mitten in dem hellen Doppelcoutour der propria gelegen. Ich stehe nicht an, diese Kerne, welche sich durch Essigsäurebehandlung leicht darstellen lassen, direct als die Nuclei der zu einer Membran verschmolzenen platten Zellen[1] (etwa den Endothelien gleichartige Gebilde) anzusprechen. Diese Zellen sondern sich als unabhängige Schicht von dem, die ursprünglichen soliden Drüsensprossen umgebenden zellenreichen Bindegewebe, und sind demnach genetisch dem mittleren Keimblatt entstammt. Somit muss also die Erklärung der propria als secundäres Produkt der Drüsenzellen selber (im Sinne einer Ausscheidung, Cuticularbildung etc.)[2] als durchaus unzulässig von der Hand gewiesen werden.

Lässt man auf die frische Drüse zuerst Kalilauge einwirken, spült sie dann in Wasser ab und setzt nun langsam Essigsäure zu, so gewahrt man oft das abgehobene, kernführende Häutchen. Die Kerne sind scharf contourirt, ziemlich dunkel, feinkörnig und liegen in unregelmässigen Abständen von einander; man trifft sie auch an den Uebergangsstellen der Alveolen in die Ausführungsgänge und bisweilen selbst noch in den stärkeren Aesten letzterer.

Die Verhältnisse gestalten sich einigermassen anders bei den Drüsen der zweiten Gruppe. An letzteren gelingt es nämlich nicht, Kerne in der propria nachzuweisen, sondern wo solche scheinbar existiren, lassen sie sich immer auf die Stützzellen (die Drüsen der ersten Gruppe entbehren dieser Gebilde) zurückführen. Die Einwirkung von destillirtem Wasser auf die Kittsubstanz (an frischen Präparaten) ist oben schon mitgetheilt worden, und wird dabei, wie erwähnt, die propria mechanisch abgehoben. Durch die so gespannte, kaum gequellte Membran

---

1. Cfr. KRAUSE, loc. cit.

2. EBNER, loc. cit., p. 510; Verf. hat die, mit den Resultaten meiner Untersuchung übereinstimmenden Angaben, dass «ein regelmässiges Netz von drehrunden Secretionsröhrchen in den Alveolen nicht existirt». Dass die Membrana propria (mit welcher das intra-alveolare Netz zusammenhängt) eine epitheliale Bildung sei, ist eine Auffassung, der ich mich, wie gesagt, nicht anschliessen kann.

hindurch sieht man nun, da sie jetzt in noch höherem Maasse hyalin und durchsichtig geworden ist, die ovalen geronnenen Protoplasmaklümpchen und zwischen diesen die stark gequollene Kittsubstanz. Lässt man Kalilauge einwirken und übt einen Druck auf das Deckplättchen aus, so wird das Häutchen auf's Aeusserste gespannt und reisst schliesslich ein, wobei der Inhalt der Alveolen in einem Strahl aus der Oeffnung hervorschiesst und sich in wirbelartigen Bewegungen in der Untersuchungsflüssigkeit verliert. Die propria runzelt sich dann zusammen und ist in diesem Zustande nur noch schwer zu erkennen. Die Transparenz der elastischen Membran wie auch deren Feinheit bringt es nun mit sich, dass das oben beschriebene Resultat der Wassereinwirkung eine Zusammenfügung des Acinushäutchens aus Sternzellen vortäuscht, und es sind ja in der That solche Artefacte als eigenartige Bildungen von Kölliker, Haidenhain, Boll u. A. beschrieben worden. Natürlich muss sich dieses Bild bei anderen Reagentien in differenter Weise gestalten. So erhalten wir an Macerationspräparaten, je nach dem höher oder minder hohen Grad der Einwirkung, verschiedene Bilder, die denn auch in der That die Vertreter der „modificirten Körbchentheorie" einigermassen stutzig gemacht haben; doch hilft sich Boll (Beitr. z. mikrosk. Anat. der acinösen Drüsen. Berlin 1869. Inaug. diss., p. 14) durch eine Modification seiner ursprünglichen Annahme über diesen Punkt hinweg: „netzförmig verbundene Korbzellen, verdickte Streifen und Rippen in einer den Alveolus fest umschliessenden und geschlossenen Membran, die sich eben aus diesen sternförmigen Zellen constituirt", das ist nach seiner Meinung die Structur der Membrana propria und in dieser Darstellung findet Verfasser die „befriedigendste Vermittelung zwischen den verschiedenartigsten Bildern, die oft in demselben Präparat vorzukommen pflegen". Leider befinde ich mich nicht in der erfreulichen Lage, diese Ansicht des Verfassers theilen zu können. Die Differenz der Gestaltung erklärt sich vielmehr ganz einfach aus der verschieden starken Einwirkung der angewandten Macerationsflüssigkeiten. Auch für die Drüsen dieser Gruppe kann ich in der propria nur ein einfaches geschlossenes Häutchen sehen, und wird es vielleicht Anderen gelingen, Kerne in demselben nachzuweisen; mir ist dies leider bisher nicht geglückt. Dagegen mag ein anderer Umstand hier noch erwähnt werden. An gelungenen Macerationspräparaten der Harder'schen Drüse des Kalbes sind mir äusserst blasse, bisweilen in Falten geworfene, breite, ganz platte Gebilde aufgefallen; dieselben lassen oft einen äusserst zarten, hellen, ovalen Kern, im Centrum des flachen Schüppchens gelegen, erkennen. Bisweilen findet man auch mehrere solcher Gebilde zu einer Scholle vereinigt. Lässt man diese Elemente in der Untersuchungsflüssigkeit flottiren, so sieht man sie nicht selten von der Kante, und kann sich so von der äussersten Abplattung der Zellleiber überzeugen. Es darf wohl angenommen werden, dass diese Gebilde Bruchtheile der propria darstellen; allein genügende Beweismittel für die Richtigkeit dieser Annahme konnte ich nicht gewinnen und mag somit die Constatirung des thatsächlichen Vorkommens solcher Gebilde genügen. (Cfr. Broueff und Eberth, Würzburger naturw. Zeitschr. V 1864, p. 39.)

Gehen wir nun über zur Betrachtung der zelligen Elemente, insbesondere der secernirenden Enchymzellen. Um Wiederholungen zu vermeiden, verweise ich dabei auf das schon

Gesagte. Die Drüsenzellen der ersten Gruppe entsprechen den Elementen der Talgdrüsen resp. der Milchdrüse. Sie sind gross und tragen einen excentrisch gelegenen Kern, das Protoplasma, wo sich ein solches darstellen lässt, bietet uns keine weiteren Eigenthümlichkeiten dar. Nur über die Form der Zellen noch einige Worte. Diese bleibt sich nämlich nicht immer gleich; man kann sie im Allgemeinen als pyramidenförmig, von der Basis gesehen eine Mosaik darstellend, bezeichnen. Die dem Inneren des Acinus zugekehrte Seite ist oft abgerundet, kann aber auch einfach platt sein. Weiterhin aber fällt uns an Macerationspräparaten auf, dass die Grösse und Form der Zellen beträchtlichen Schwankungen unterworfen ist. — Es würde zu weit führen, wollte ich eine detaillirte Schilderung dieser Dinge bringen. Ich lasse es mit Constatirung der einfachen Thatsache bewenden, dass manche der Zellen sich ganz wie die Colostrumkörperchen der Milch ausnehmen, während andere weniger fettreich sind und Protoplasma wie Kern erkennen lassen. Es ist dies für meine Auffassung des Secretionsvorganges wichtig. Ferner schwimmen in der Macerationsflüssigkeit die verschiedenen Componenten des Interstitialgewebes, ebenso Theile der Ductus.

Bei den Drüsen der zweiten Gruppe sind die Verhältnisse nicht so einfach. Hat man sich jedoch einmal in dem Durcheinander der verschiedenen Elemente zurecht gefunden, so hält es nicht schwer, das ziemlich bunte Bild der Macerationspräparate zu entwirren, und man erkennt dann verschiedene immer wiederkehrende Formen. Nehmen wir wiederum die Kalbsdrüse als typisch (Chromammon-Maceration) an, so unterscheiden wir:

1) Die verschiedenen Formen der eigentlichen Enchymzellen, die im Allgemeinen pyramidenförmig, mannigfaltige Gestalten annehmen können. Gabelige Fortsätze oder ein, auch mehrere Ausläufer, ein ziemlich dunkles, mässig grobkörniges Protoplasma, dem stets Fettmolecule beigemengt sind, ein rundlicher (selten zwei) scharf contourirter Kern charakterisiren diese Secretionszellen;

2) Ganz platte, überaus zart contourirte homogene Gebilde mit hellem, blassem, ovalem Kern. Diese Schüppchen schrumpfen bei Essigsäurezusatz und es resultiren so unförmige Schollen, mit geschrumpften granulirten Kernen (= kernhaltige Plättchen der propria?);

3) Spindelförmige Elemente, und zwar *a.* grössere mit langen faserartigen Fortsätzen versehene, granulirte Zwischengewebszellen, und *b.* kleinere, unregelmässig ausgezackte, zipflige Gebilde, mit ellipsoidischen, hellen Kernen und dunkler, wenig gekörnter Zellsubstanz; diese Elemente sind oft gruppenweise vereinigt und stammen aus den Ausführungsgängen geringeren Kalibers;

4) Grosse, helle, schwachkörnige, cylindrische Zellen, aus den grösseren Ductus. Dieselben besitzen einen grossen ovalen (auch rundlichen) Kern, und sind leicht von den Secretionszellen zu unterscheiden;

5) Ganz kleine dunkle Spindeln aus der unmittelbaren Umgebung der Ausführungsgänge, also Bindegewebszellen;

6) Lymphatische Elemente, weisse und rothe Blutkörperchen;

7) Grosse, dunkle, bald rundliche, bald mehr unregelmässig gestaltete, oft fetthaltige grobkörnige Bindegewebszellen. Dieselben lagern sich mit Vorliebe in unmittelbarer Nähe der

Blutgefässe und sind wohl identisch mit den WALDEYER'schen Plasmazellen[1]. Ausserdem schwimmen in der Flüssigkeit noch Bruchstücke von Blutgefässen, Capillaren und Nervenröhren; und endlich

8) Die schon erwähnten platten, mit breiten Ausläufern versehenen, sternförmigen **Stützzellen** (cfr. KRAUSE, loc. cit., p. 37). Diese Gebilde habe ich stets der Membrana propria aufgelagert gefunden, so dass die mehrfach netzförmig verzweigten Ausläufer die Wandung der Alveolen verstärken, und man nennt sie deshalb mit Recht Stützzellen. Innerhalb der Acinusmembran habe ich sie nie angetroffen; jedoch sind sie an den kleineren Ausführungsgängen, wo letztere in die Alveolen übergehen, noch vorhanden. Die Kerne sind stark abgeplattet und das ganze homogene Gebilde präsentirt sich von der Kante in Sichelform. Solche Zellen sind mehrfach beschrieben worden, und da sie oft scheinbar mit den Secretionszellen in Verbindung stehen, ist es nicht unwahrscheinlich, dass sie mit den PFLÜGER'schen multipolaren Ganglienzellen identisch sind. Uebrigens finden sie in der Thränendrüse eine ausgedehntere Verbreitung als bei unserem Organ. Aus dem Mitgetheilten ist also ersichtlich, dass in den wesentlichen Punkten die Structur der Drüsen dieser zweiten Gruppe eine gewisse Aehnlichkeit mit der Thränendrüse[2] und somit auch den Speicheldrüsen[3] besitzt. Bei der Untersuchung habe ich stets neben der HARDER'schen auch die Thränendrüse examinirt und zwar immer bei gleicher Behandlung. Es ergaben sich durch diese vergleichende Beobachtung manche Verschiedenheiten, ohne dass ich dieselben jedoch für genügend wichtig erachte, um sie eingehender mitzutheilen. Es mag nur im Allgemeinen angeführt sein, dass das Protoplasma der HARDER'schen Drüsenzellen durchweg ein dichteres, dunkleres, grobkörnigeres ist, als das der Thränendrüsenzellen, dass ich ferner bei letzterer nie Fett in den Zellen fand, während erstere constant kleine Körnchen oder Körnchengruppen einer stark lichtbrechenden Substanz (Fett) enthält. Grössere Fettkugeln oder -Tröpfchen waren nicht vorhanden. Schleim konnte ich auch nie in den Drüsenzellen nachweisen, und ist somit die Annahme begründet, dass wir es hier mit einer serösen Drüse zu thun haben (cfr. HAIDENHAIN, Studien des physiol. Instituts zu Breslau, IV, 1868), freilich eine besondere Art, eine **fettig-seröse** Drüse. Die Lacrymalis enthält auch kein Mucin[4].

Gehen wir weiter zur Betrachtung der Ausführungsgänge. Das Epithel dieser Gänge geht ohne scharfe Grenze in das der Alveolen über. Um sich über den Verlauf dieser Kanäle zu orientiren, untersucht man Injectionspräparate. Es ergeben sich so ziemlich erhebliche Differenzen bei den einzelnen Thieren; besonders bei den erwähnten Gruppen besteht ein namhafter Unterschied zwischen den resp. Ductus. Verfolgt man beim Kaninchen den unter der Conjunctiva mündenden Gang gegen das Innere der Drüse zu, so zertheilt er sich, an der concaven

---

1. WALDEYER, Ueber Bindegewebszellen. Archiv für mikrosk. Anat. Bd. XI.
2. HERZENSTEIN, Beiträge zur Physiol. u. Therapie der Thränenorgane. Berlin 1868.
3. SCHLÜTER, Disq. micros. et phys. de gland. saliv. Vratisl. 1865. Dissert. inaug.
4. BOLL, loc. cit.

Fläche derselben angekommen, plötzlich in eine grössere Zahl kleinerer Aeste, die dann peripherisch verlaufend, sich wieder gabelig verzweigen, bis dann jedes Läppchen einen eigenen Stamm erhält. Dieser löst sich dann endlich unter verschiedenen Biegungen in die Endbläschen auf. Das Epithel des Hauptausführungsganges ist ein niedrig cubisches und geht über in das geschichtete Pflasterepithel des Conjunctivalüberzugs der Nickhaut. Nach Innen zu wird es hingegen cylindrisch und die Gänge mittleren Calibers besitzen demnach eine einfache Lage kurzcylindrischer Zellen. Die Endzweige zeigen ein höheres Cylinderepithel und letzteres geht endlich unmerklich über in die Pyramidenzellen der Alveolen. Nach aussen werden die Gänge von verschieden stark entwickelten Zügen lockeren Interstitialgewebes begleitet. Diese Verhältnisse wiederholen sich in ganz analoger Weise bei den übrigen Nagern.

Anders hingegen verhalten sich die Drüsen der zweiten Gruppe. Bei Rindern und Schafen besitzen die grösseren Ductus eine einfache Schicht regelmässigen Cylinderepithels, mit ovalen Kernen; die Hauptstämme[1] führen cubische Zellen; die feineren Röhren aber enthalten wieder Cylinderepithel, das jedoch ein gleichmässig niedriges ist, und nie eine basale Zerfaserung erkennen lässt (cfr. PFLÜGER, BOLL, loc. cit.). Die Dimensionen des Calibers der genannten Gänge sind sehr variabel. Das Lumen erweitert sich auf Kosten der Länge der Cylinderzellen. Was endlich den Verlauf der Röhren betrifft, so ist derselbe ziemlich complicirt. Im Allgemeinen erhält jedes Läppchen einen besonderen Ast des Ductus, der jedoch vor seiner Auflösung in die einzelnen Drüsenbläschen zahlreiche Schlängelungen und Drehungen durchmacht und das Innere der Läppchen in verschieden gestalteten Windungen durchsetzt.

Beim Schwein compliciren sich diese Verhältnisse noch durch einzelne Biegungen, bisweilen geradezu Abknickungen der ausführenden Röhren. Ferner hat dieses Thier zwei Drüsen: eine kleinere vordere und eine grössere hintere; letztere besitzt eine Art Kapsel, die durch elastische Fäden mit der eigentlichen Umhüllungshaut der Drüse in Verbindung steht. Eben an dieser Drüse erreicht das Gangwerk eine bedeutende Ausbildung gegenüber den anderen Drüsen, wo es sich weniger bemerklich macht.

Das Interstitialgewebe (cfr. W. FLEMING, Beitr. zur Anat. u. Physiol. d. Bindegew. Arch. f. mikr. Anat., XII. — GŒTTE, Entwicklung d. Unke., 1875. — LÖWE, Zur Histol. d. Bindegewebes. Wien, Med. Jahrb., 1874; 3 Heft) ist ausser bei den Nagern ein derbes compactes und führt stets auch elastische Elemente. Die innig miteinander verflochtenen Bindegewebsbündel sind Träger einmal des schon erwähnten Gangwerks, dann aber auch der Gefässe und Nerven, welche stetige Begleiter der Abzugsröhren sind. Netzartig angeordnete Capillaren durchziehen allenthalben die Zwischensubstanz und liegen oft direct der propria an, ohne dass die Drüse jedoch als ein besonders gefässreiches Organ angesehen werden kann. Ueberhaupt sind weitere Eigenthümlichkeiten weder für die Blutgefässe, noch auch für die

---

1. Bei Rindern drei, bei Schafen nur einer.

spärlichen Lymphbahnen zu constatiren. Es mag noch erwähnt werden, dass bei gemästeten Thieren, besonders die Plasmazellen, aber auch die übrigen zelligen Elemente des Bindegewebes sich zu Fettzellen metamorphosirt haben und so ein modificirtes Drüsenstroma entsteht. Bezüglich der Nerven vermag ich, abgesehen davon, dass ich sie bei den Drüsen der ersten Gruppe vermisste, und dass sie bei denjenigen der zweiten, mit den Ramificationen der Ductus und Gefässe verlaufen, weitere Angaben nicht zu machen. In dem Interstitialgewebe der Alveolen konnte ich sie nie mit Sicherheit nachweisen und kann mir somit kein Urtheil bilden über ihre Verhältnisse zu den secretorischen Elementen. Ganglienzellen sind mir nirgends aufgefallen.

Auch bei der grössten Sorgfalt der Behandlung gelang es mir nie, irgendwelche nervöse Gebilde an den Drüsen der Nager nachzuweisen. Soviel über die Anatomie dieser Drüsen; aber Hand in Hand mit der anatomischen Forschung, sollte stets die physiologische Untersuchung gehen, wie sie hauptsächlich von HEIDENHAIN und KÜHNE in neuerer Zeit begründet und gepflegt worden ist. Wo letzteres versäumt wird, muss die histologische Erkenntniss in Formspielerei ausarten, und das wahre Verständniss morphologischer Structuren verliert sich in einer minutiösen Beschreibung todter Formen. Ich war daher um die Erforschung, insbesondere des Secretionsvorganges, bemüht und möchte in Folgendem die Resultate meiner Untersuchungen mittheilen. Leider befinde ich mich nicht in der Lage, mehr als einige fragmentarische Beobachtungen mitzutheilen, doch hoffe ich demnächst weitere Mittheilungen machen zu können, insbesondere über die physiologischen und histologischen Verhältnisse, wie sie sich an der mich augenblicklich beschäftigenden HARDER'schen Drüse der Vögel ausnehmen.

Wie verhalten sich also die Drüsenzellen zur Secretion[1]?

Auf den ersten Blick scheint sich die Richtigkeit der allgemeinen Annahme von dem Zugrundegehen des Zellenindividuums bei diesem Vorgang zu bestätigen[2]. Und in der That lässt sich auch mit grösster Evidenz constatiren, dass unter Umständen die einzelne Zelle ihre Existenz als solche einbüsst, und ihre Componenten als geformte Bestandtheile dem Secret sich beimengen resp. dasselbe fast ausschliesslich zu bilden im Stande sind (Nager); der Kern scheint hiebei aufgelöst zu werden; wenigstens habe ich nie solche Gebilde im Secret zu beobachten Gelegenheit gehabt.

Aber es kommt auch zur Secretbildung auf wesentlich andere Art und Weise, so zwar, dass dabei die Grundsubstanz der functionirenden Zellen erhalten bleibt und nur die Produkte ihrer secretorischen Thätigkeit (mit etwa mechanisch anhaftenden Protoplasmapartikeln) aus der lebenden Zelle ausgeschieden werden. Dieser Process ist jedenfalls der bei weitem häufigere, und wie ich anzunehmen geneigt bin, der eigentlich normale, typische Vorgang, wie

---

1. GOODSIR, On the ultimate secreting structure in Trans. of the roy. sc. of Edinburgh, 1844, p. 299.
2. Cfr. VIRCHOW, Cellularpathologie. Berlin 1871, p. 405.

er sich an der lebenden, nicht künstlich gereizten Drüse abspielt. Man kann diesen Vorgang, wobei also eine Persistenz der Zellen das wesentliche Moment bildet, wieder in zwei Unterarten scheiden. Einmal platzt die Zellmembran (wo eine solche überhaupt existirt) und während das Secret frei wird, bleiben Kern und Protoplasma, vermöge der Contractilität des letzteren, zurück. (Dehiscenz der Zellen.) Dann aber, was den gewöhnlichen Gang der Secretion darstellt, tritt das einzelne Secrettröpfchen (Fett, Schleim, was es auch immer sein mag) durch die Membran der Zelle hindurch. (Wo wie gewöhnlich keine solche Membran existirt, ist dieser Vorgang noch leichter erklärlich.) Bei diesem Vorgange haben wir es mit einer passiven Auswanderung der Secretbestandtheile (Fettmolecüle, etc.) zu thun, indem dabei dem lebenden, contractionsfähigen Protoplasma die active Rolle der Ausstossung zugetheilt werden muss. Für die Richtigkeit dieser Auffassung sprechen mannigfache Beobachtungen, und es lassen sich auch a priori keine erheblichen Einwendungen machen. Darnach kann ich durchaus nicht der Ansicht huldigen, die das Secret nur als Detritus fettig degenerirter Zellen aufzufassen geneigt ist. Diese Darlegung muss ich zunächst auf die uns hier beschäftigenden Drüsen beschränken; doch kann man wohl annehmen, dass der Milchabsonderung und Talgbereitung ähnliche oder identische Processe zu Grunde liegen. Wann immer eine stürmische Secretion Platz greift, da mögen solche, ich möchte sagen pathologische Secretionsvorgänge, Statt haben; aber die Regel ist dies nicht, wir müssen bei unseren Drüsen vielmehr als Norm eine langsame, gleichmässige Absonderung annehmen. Bei solcher beschleunigten Secretion wird sich mit zunehmender Fettbildung die basale Anhaftung der Zellen lockern, das Protoplasma hat nicht Zeit, die massiggebildeten Secrettröpfchen auszustossen und die ganze Zelle löst sich endlich von ihrem Mutterboden, der Membrana propria ab, und tritt in das Lumen des Acinus, von wo aus sie dann als Bestandtheil des Secretes nach aussen befördert wird. So erkläre ich mir z. B. das Zustandekommen der Colostrumkörperchen, und man hat gerade an letzteren beobachtet, dass sie nachträglich noch Fett ausstossen. Die so in dem Alveolus entstandene Lücke wird durch Zusammenrücken der benachbarten Drüsenzellen ausgefüllt; daneben findet natürlich auch eine Neubildung zelliger Elemente statt.

Schliesslich möchte ich noch erwähnen, dass neuerdings Nussbaum (l. cit.) zu ähnlichen Resultaten gekommen ist, allerdings zunächst nur für die fermentbereitenden Drüsen. Er sagt : „Bei der Secretbildung erfolgt keine Auflösung der Zellen; durch die secretorische Function werden nur gewisse Produkte gebildet und ausgestossen. Die Secrete sind kein Caput mortuum, sondern die Produkte der chemischen Thätigkeit lebender Zellen."

Auf die Frage der Fettimpletion (Steatemplese) der Zellen einzugehen, ist hier nicht der Ort; gerechtfertigt ist jedenfalls die Annahme einer chemischen Abspaltung des Fettes aus dem eiweissartigen Protoplasma.

Das Secret, wie ich es dem lebenden Kaninchen entnehme, stellt eine trübe, ölige, alkalisch reagirende Flüssigkeit dar; auf Reizung der Cornea wird es vermehrt (cfr. Cohnweim in Virchow's Archiv, 1867, Bd. 40 p. 67, 68), ebenso bei Conjunctivitis. Ich beobachtete bei einer, nach Unterbindung des Ductus auftretenden Conjunctivitis und Keratitis des einen Auges keine auffallende Vermehrung des Secretes auf der anderen Seite, hingegen war auf der erkrankten Seite eine evidente Zunahme desselben zu constatiren.

Entwickelung. — Bietet schon die histologische Zergliederung unseres Organs (bei Nagern) manche Punkte der Uebereinstimmung in der anatomischen Beschaffenheit mit gewissen Phasen der physiologischen Thätigkeit der Milchdrüse, so kommt diese Aehnlichkeit mikroskopischer Structurverhältnisse an der sich entwickelnden Drüse in eclatanter Weise zum Vorschein. Hier wie da ist das Wesentliche ein System verzweigter Ductus, denen peripherisch die Drüsenträubchen aufsitzen (cfr. LANGER, loc. cit.). Beim Kaninchenembryo, von 6—7 Centimeter Länge, hat das verästelte Gangwerk übrigens noch nicht seine endgiltige Entwickelung erreicht, und es besteht insofern eine erhebliche Abweichung von der analogen Structur in der Milchdrüse. Die Gänge setzen sich zusammen aus dicht gedrängten, mit dunkelkörnigem Protoplasma und ovalen oder runden Kernen ausgestatteten Zellen; gegen das äusserst zellenreiche embryonale Interstitialgewebe grenzen sie sich ab durch eine Art Hülle, der wiederum platte, ovale längsgestellte Kerne eingelagert sind; allerdings ist diese Grenze nicht besonders scharf markirt. Diese Gänge sind mehrfach gabelig getheilt; vom Hauptstamm gehen unter spitzen Winkeln schwächere Seitenäste ab, die sich wiederum dichotomisch verzweigen und schliesslich direct übergehen in die rundlichen soliden Zellenhaufen, die zukünftigen Alveolen. Den kleineren Aesten sitzen auch seitlich solche Knospen oder Sprossen auf und ich beobachtete oft sehr zierliche Figuren. Da eine Zerfällung der Drüse in zwei Partieen nicht zu constatiren ist, so habe ich angenommen, dass wir es in der That nur mit einer Drüse zu thun haben; jedoch sprechen wieder viele andere Umstände für das Vorhandensein zweier Drüsen, die sich nur in unmittelbarer Juxtaposition befinden. Ich muss gestehen, dass ich zur Zeit nicht mit genügender Sicherheit letztere Ansicht als die richtige erkennen kann. Ich muss mich vor der Hand auf diese negativen Bemerkungen beschränken, da ich, wie bemerkt, Quadrumanen und Chiropteren bis jetzt nicht habe untersuchen können. Ob der Mensch also in der That ein Homologon der HARDER'schen Drüse besitzt, ist zur Zeit noch nicht zu entscheiden. Was soll man aber dazu sagen, wenn SAPPEY[1] beim Schaf das Homologon der HARDER'schen Drüse in den Schleimdrüsen des subconjunctivalen Gewebes findet? Verfasser nimmt offenbar keine Notiz davon, dass das Schaf eine wohlorganisirte, stark entwickelte HARDER'sche Drüse besitzt, wie sie sich ein ordentlicher Wiederkäuer schöner gar nicht wünschen kann. Als weitere Consequenz dieser ungenügenden Beobachtung zieht SAPPEY den voreiligen Schluss, dass dem Menschen auch eine HARDER'sche Drüse zukomme. Ich kann, wie gesagt, vor der Hand noch keinen definitiven Aufschluss über diesen interessanten Punkt geben.

C. SAPPEY, Traité d'anatomie descriptive. Paris 1872, t. III, p. 682. «Les glandes mucipares sont irrégulièrement disséminées dans le tissu cellulaire sous-conjonctival, comme dans l'espèce humaine, en sorte qu'on peut les considérer comme les analogues de la glande de HARDER. Il faut admettre, par conséquent, que cette glande existe chez l'homme comme chez les mammifères. »

Untersuchungsmethoden. — Zu allgemeinen Uebersichtspräparaten genügt Einlegen der ganzen Drüse am besten im absoluten Alkohol. Will man jedoch die Form der Drüsenzellen in möglichst unverändertem Zustande conserviren, so empfiehlt sich eine vorherige Behandlung mit einer 5 % neutralen Chromammoniumlösung; ganz zweckmässig ist auch Chromsäure von $^1/_8$ %, ebenso die MÜLLER'sche Flüssigkeit. Die Behandlung mit Picrinsäure (cfr. RANVIER, Traité technique d'histologie, p. 2G3) ist äusserst difficil und zeitraubend; dagegen habe ich eine 5 % Molybdänanammonlösung vielfach mit gutem Erfolg angewandt (cfr. KRAUSE loc. cit.). Bisweilen war es nothwendig, die Drüsen mit Gummiglycerin zu behandeln, wesentlich um ein Auseinanderfallen der Schnitte zu verhüten. Bei den Drüsen der zweiten Gruppe lassen sich mit **Ueberosmiumsäure** vortreffliche Resultate erzielen ($^1/_2$ % — 1 % Lösung). Ein eigenthümliches Verhalten gegen Ueberosmiumsäure zeigen die Drüsen der ersten Gruppe. Weit entfernt davon nämlich sich intensiv zu schwärzen, nehmen die Fetttröpfchen vielmehr nur einen gelbbräunlichen Farbenton an, während sich das Protoplasma viel dunkler färbt; dies gilt für die frisch mit Osmiumsäure behandelten Präparate. Feine Schnitte in Alkohol erhärteter Drüsen verhalten sich wiederum ganz anders gegen die Osmiumsäure. Die grösseren Tröpfchen (Rosapartie der Kaninchendrüse) nehmen bei dieser Behandlung ein dunkles Colorit mit einem Stich in's Violette an, während die moleculären Körnchen wiederum nur mässig gefärbt erscheinen. Ziemlich dunkel wird auch der Alveoleninhalt der weissen Partie der Kaninchendrüse. Eine intensive Schwärzung, der Farbe gewöhnlicher Fettzellen entsprechend, konnte ich nie erzielen. Es beweist diese Thatsache also, dass man der Ueberosmiumsäure Eigenschaften zugeschrieben hat, die ihr gar nicht in so allgemeiner Fassung zukommen. Wenn ich nun auch keine genügenden Anhaltspunkte behufs Erklärung dieses eigenthümlichen Verhaltens der Drüsenzellen auffinden konnte, so genügt doch schon das Factum an und für sich, um den Satz von der Schwarzfärbung des Fettes durch Osmiumsäure, in seiner Allgemeinheit wenigstens, umzustossen. Ich bin weit entfernt davon, die Wichtigkeit der Osmiumsäure als vorzügliches Reagens für viele Structuren zu unterschätzen, jedenfalls beweist der erwähnte Umstand nur von Neuem, wie das Prinzip der Verallgemeinerung in der Histologie keine Anwendung finden kann, insbesondere nicht wo es sich um noch ungenügend bekannte chemische Prozesse handelt.

Die Anwendung der verschiedenen Tinctionsmethoden bietet keine Schwierigkeiten. Carmin, Hämatoxylin, Picrocarmin liefern gute Resultate. Hat man es hingegen auf zierliche Bilder abgesehen, so wird man den Weg der Doppeltinction einschlagen. Hierbei kann ich das Eosin nicht genügend loben (cfr. FISCHER, Eosin als Tinctionsmittel für mikr. Präp., im Archiv für mikr. Anat. Bd. XII), doch erfordert seine Anwendung einige Vorsichtsmassregeln. Ein Tropfen einer ammoniakalischen Lösung in ein Uhrgläschen Wasser gebracht, genügt um in einigen Secunden bis Minuten ein wunderschönes zartes rosafarbenes Colorit hervorzubringen; zur besseren Fixirung dient dann die Essigsäure in Form von Dämpfen oder schneller direct in äusserst verdünnter Lösung. Statt dessen kann man Picrinsäure oder Hämatoxylin anwenden, und die so erzielten Resultate lassen nichts zu wünschen übrig, nur muss man sich durch Uebung die nöthigen Concentrationsgrade zu verschaffen wissen. Ferner besitzt Eosin noch den Vortheil, dass es in alkoholischer Lösung angewandt werden kann, und endlich kann man das Färbemittel in Verbindung mit Glycerin (Eosinglycerin) sehr zweckmässig zur Darstellung tingirter Zerzupfungspräparate anwenden. Eine weitere Doppel-färbung ist diejenige mittelst Hämatoxylin und Picrin; dieselbe eignet sich aber nur für die allerfeinsten Schnitte, dann aber auch in ausgezeichneter Weise. Eine starke Hämatoxylin-lösung lässt man ca. 12 Stunden einwirken, die Schnitte kommen dann einige Zeit in Wasser und hierauf in Picrinsäure, nun muss man sie sorgfältig überwachen und von Zeit zu Zeit herausnehmen und untersuchen. Ungefähr bei Mahagonifarbe sind sie am schönsten, dann kommen sie in Alkohol und werden in Canada eingeschlossen, oder man kann sie auch in Glycerin einschliessen. Die Kerne der Epithelien sind dann schön violett, diejenigen der propria und des Interstitialgewebes fast schwarz; das Protoplasma hingegen und die Fibrillen des Binde-gewebes gelb. Diese Hämatoxylinpicrin-Färbung kann dann noch mit Eosin in Verbindung gebracht werden, und dürfte diese Tripelfärbung noch eine Zukunft haben, namentlich in der pathologischen Histologie sich vortheilhafter Anwendung erfreuen. Beim Studium des Ossificationsprozesses hat sie kürzlich gebührende Anerkennung gefunden.

Zur Isolation der zelligen Elemente dienen die üblichen Macerationsmethoden, Jodserum und Chromammon an der Spitze, dann die verschiedenen neutralen Salze in verdünnten Lösungen; auch Essig und Kalilauge (33 %) wurden benutzt (ohne besonderen Vortheil). Am besten hat sich mir neutrales Chromammon in 5 % Lösung bewährt; auch das Molybdänammon in gleicher Concentration ist vortheilhaft. MÜLLER'sche Flüssigkeit, die CZERNY'sche Mischung derselben mit Speichel, RANVIER'scher Alkohol, 10 % Kochsalzlösung, Chromsäure ($^1/_{60}$ %) wurden alle der Reihe nach angewandt, ohne dass ich im Stande wäre, die eine oder andere Methode als besonders zweckdienlich hervorzuheben.

Man kann die Drüsenzellen und verschiedenen Gewebsfragmente aber auch direct ohne allen Zusatz zur Anschauung bringen, indem man mit einem Messer über die Schnittfläche des frischen Organs streicht; doch gewinnt das Bild sofort an Klarheit bei Zusatz einer indifferenten Flüssigkeit, Jodserum, Humor aqueus, Amniosflüssigkeit, Eiweisslösung, ebenso Blutserum und $^1/_2$ % Chlornatriumlösung. Solche frische Präparate sind durchaus nothwendig und dienen zur Verificirung der durch complicirtere Methoden gewonnenen Resultate.

Die Nothwendigkeit der Injection des Ausführungsganges ergibt sich von selber. Anwendung von constantem Druck bei Ausführung derselben ist nicht unbedingt nothwendig, erleichtert aber das Verfahren.

Die Injection der Blutgefässe gelingt von der Carotis aus; bei kleineren Thieren ist es zweckmässig, die Kanüle in die Aorta einzuführen.

Erklärung der Abbildungen auf Tafel I & II.

TAFEL I.

FIG. 1. Feiner Schnitt der rosa Partie der mit Chromammon behandelten Drüse des Hasen. Im Hohlraum des Acinus einige Drüsenzellen. Bei *m* erkennt man die Mosaik der Kittsubstanz.

FIG. 2. Bruchstück aus der weissen Partie der Drüse des Hasen. Man sieht die Kerne der propria; nach unten ist dieselbe abgelöst. Bei *a*, elastische Faser des Interstitialgewebes. Osmiumsäure, Alkohol, Glycerin.

FIG. 3—6. Aus der Drüse des Kaninchens.

>*Fig.* 3. Saft von der Schnittfläche der frischen Drüse (weisser Theil), die kleinen Fettkörnchen in lebhafter Molekularbewegung.

>*Fig.* 4. Secretionszellen der weissen Partie, frisch in Jodserum:
>
>>*a.* Von der Fläche;
>>
>>*b.* Von der Seite.

>*Fig.* 5. Präparat wie in Fig. 3, rosa Theil.

>*Fig.* 6. Secretorische Elemente der rosa Partie mittelst Chromammon isolirt.

FIG. 7. Ein Läppchen der Drüse des Meerschweinchens, frisch in Chromammoniak untersucht. Bei *a*, Theil des Ductus.

TAFEL II.

FIG. 1. Endknospen aus der Drüse eines Kaninchenembryo, von dem zellenreichen Interstitialgewebe umgeben.

FIG. 2.

>*a.* Schnitt durch eine mit Müller'scher Flüssigkeit, dann Alkohol, behandelte Drüse des Kaninchenembryo;
>
>*b.* Aehnliches Präparat. Man sieht die den Epithelien benachbarten Bindegewebszellen im Begriff eine membrana propria zu bilden.

FIG. 3—6. Aus der Kaninchendrüse.

>*Fig.* 3. Frische Drüse mit Essigsäure und Glycerin behandelt, die propria theilweise abgehoben und ihre Kerne sichtbar. Zerzupfungspräparat. Weisser Theil.

>*Fig.* 4. Aehnliches Präparat, rosa Theil.

>*Fig.* 5. Feiner Schnitt der rosa Partie. Man sieht das Protoplasmanetz und die Kerne der propria, Carmintinction, Canadaeinschluss.

>*Fig.* 6. Bruchstück aus dem weissen Theil. Kerne der propria und der Drüsenzellen, keine Zellgrenzen. Essigsäure, Osmiumsäure, Glycerin.

FIG. 7. Isolirte zellige Elemente aus der Kalbsdrüse, durch Maceration in Chromammon dargestellt.

>*a-e.* Verschiedene Formen der Drüsenzellen; *b.* Stiefelzellen; *c.* Zellen mit grossem rundem Kern; *d.* Quastenförmig ausgefaserte Zellen; *e.* Zelle mit einem langen Fortsatz;

f. Aus einem grösseren Ausführungsgang;

g. Aus den kleineren Ductus, rechts Zellen mit spitzen Zacken und ovalen Kernen;

h. Kleine spindelförmige Elemente aus dem Interstitialgewebe;

i. Mit langen Fasern versehene Bindegewebszelle (Inoblast);

k. Blasse, ganz platte Schollen (membrana propria?);

l. Grosse, runde Bindegewebszellen, Plasmazellen.

FIG. 8. Schnitt durch eine in Alkohol gehärtete Ochsendrüse. Colloide Entartung?

FIG. 9. Aus der Drüse des Kalbes. Man sieht die Zellgrenzen, welche als Intercellulargänge imponiren.

FIG. 10. Veränderungen der Kittsubstanz durch Zusatz: bei *a.* von Wasser;

b. Kalilauge;

c. Essigsäure.

Diese Veränderungen täuschen eine Structur der propria vor. Halbschematisch.

FIG. 11. In Jodserum und Müller'scher Flüssigkeit isolirte Elemente der Kalbsdrüse.

a, b, c, d, e. Sternförmige, platte, mit verzweigten Ausläufern versehene Stützzellen;

f, g. Solche Gebilde von der Kante;

h. Stützzelle mit anhaftenden Epithelien;

i. Stützzelle scheinbar durch einen Fortsatz mit einer Drüsenzelle in Verbindung;

k. Zwei Drüsenepithelien scheinbar durch Ausläufer zusammenhängend.

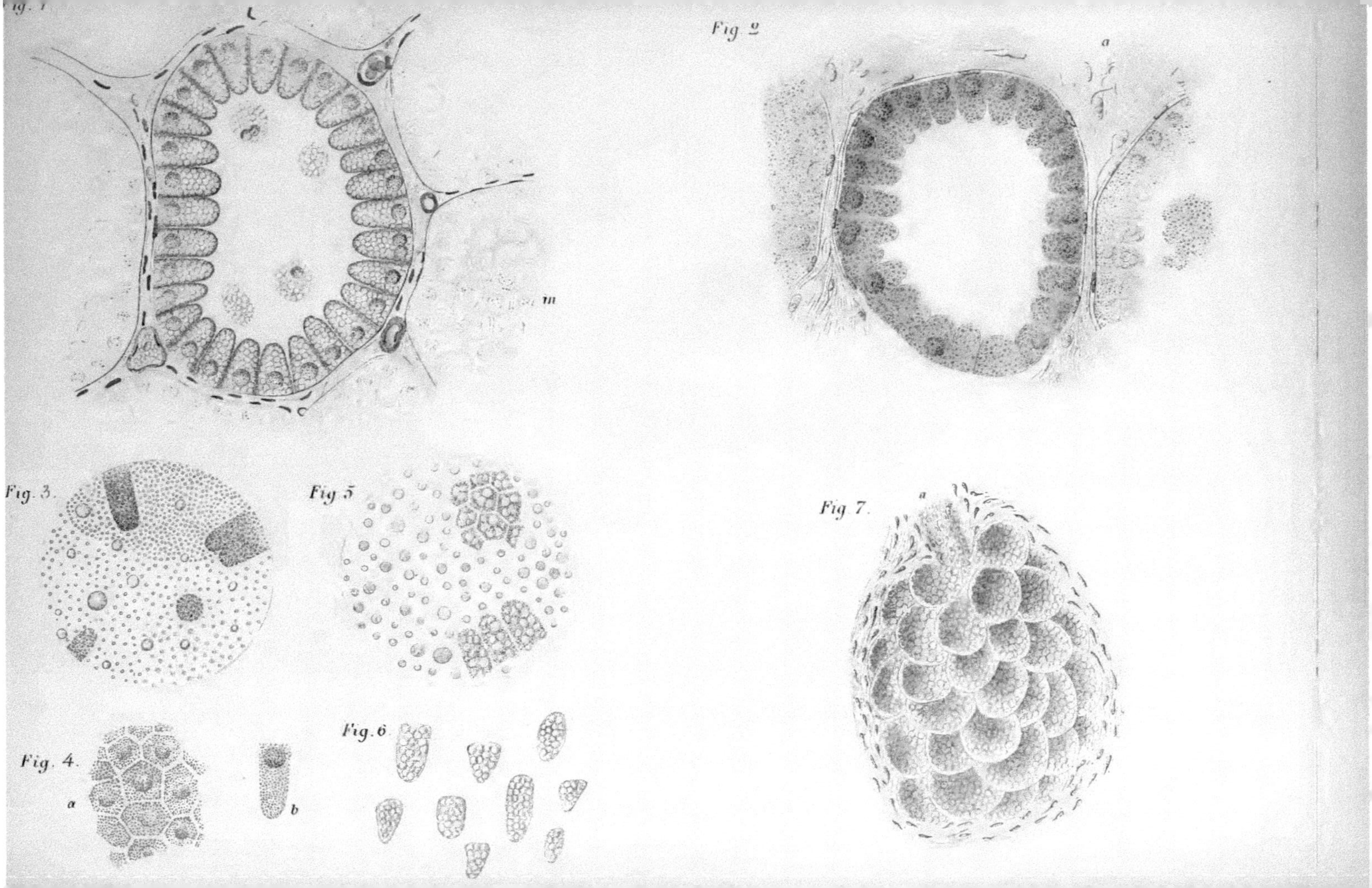

Fig. 1
Fig. 2
Fig. 3
Fig. 4
Fig. 5
Fig. 6
Fig. 7

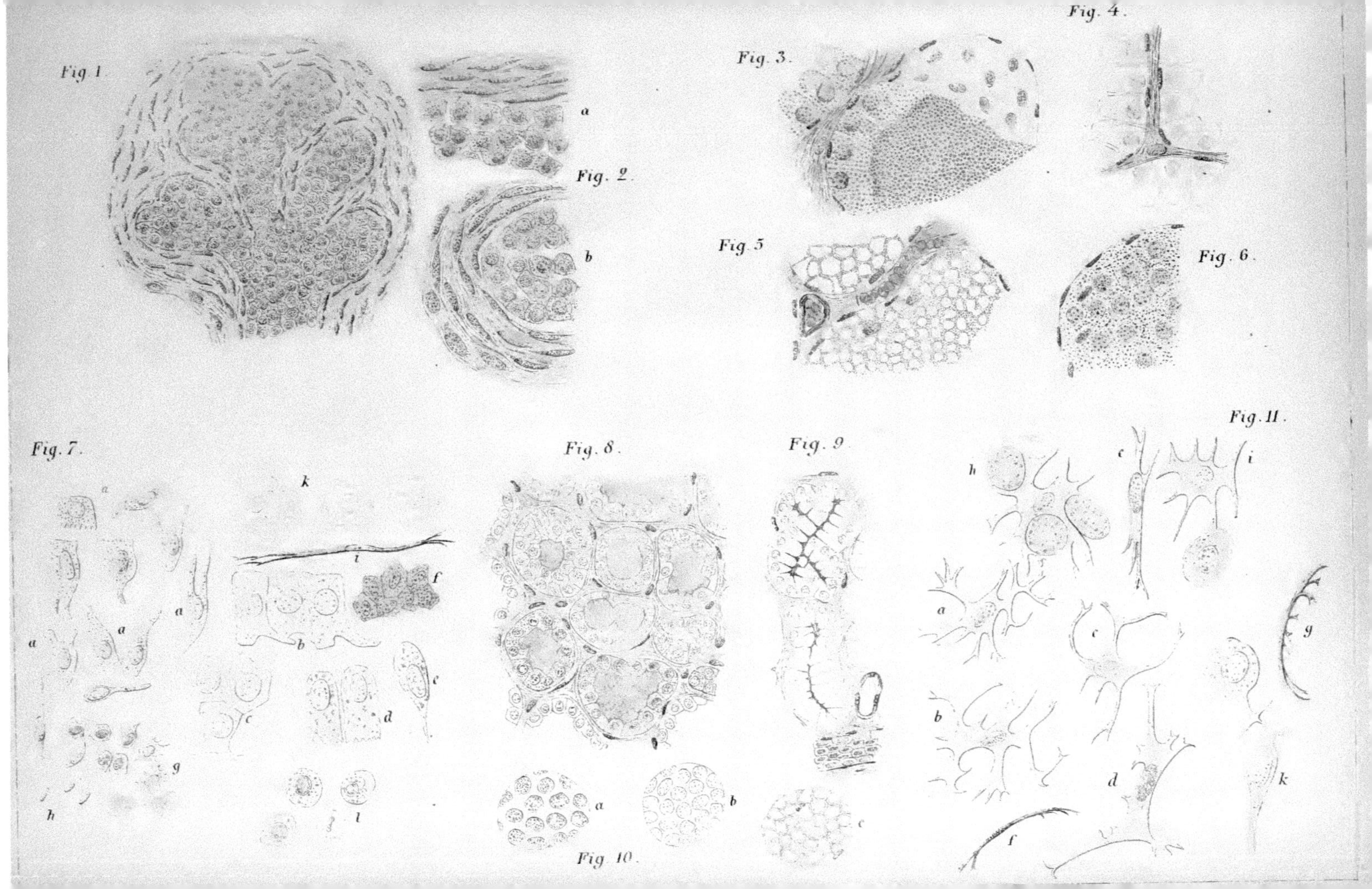

Fig. 1.
Fig. 2.
Fig. 3.
Fig. 4.
Fig. 5
Fig. 6.
Fig. 7.
Fig. 8.
Fig. 9.
Fig. 10.
Fig. 11.